FAIRE BATTRE
LE CŒUR DU MONDE

Cyrielle Hariel

FAIRE BATTRE LE CŒUR DU MONDE

Éditions Les Liens qui Libèrent

ISBN : 979-10-209-0588-8
© Les Liens qui Libèrent, 2018

« Vis comme si tu devais mourir demain. Apprends comme si tu devais vivre éternellement. »

Gandhi

CHAPITRE I
Au cœur de la première cause de mortalité au monde

Santé, mon amour

Je me souviendrai toujours de ce 8 juillet 2014. Ce jour où j'ai cru que tout allait s'arrêter. En fin de matinée, un ami me dépose à la clinique Turin, dans le VIIIe arrondissement. Je descends de son scooter, groggy sous l'effet des calmants, mon petit « sac de séjour » à l'épaule – on ne m'a pas vraiment dit combien de jours j'allais passer à la clinique ; j'espère simplement être encore vivante dans quelques heures. Rien n'est moins sûr.

Pour conjurer le sort, j'ai pris soin d'emporter mon bas de jogging préféré, rose flashy, histoire que ma « *girly attitude* » vienne égayer ma chambre dans le service des soins intensifs. Une touche de rose dont j'ai besoin pour lutter contre les peurs noires qui me dévorent depuis que je sais que, cette intervention, je ne vais pas pouvoir y couper. Un dernier coup d'œil aux nombreux bracelets porte-bonheur multicolores que mes amis m'ont offerts depuis que le diagnostic est tombé. Impression vague d'être retournée à la case adolescence. Soit. Cela me permet de me sentir entourée et moins seule. Et puis, les hôpitaux ne sont pas exactement connus pour être des endroits où les sourires courent les couloirs, alors autant apporter un peu de gaieté à mes camarades d'infortune, non ?

Angoisse, peur, questionnements, regards fixés au sol, examens et pathologies aux noms imprononçables : c'est le parcours du combattant que vit chaque patient sitôt franchie la porte d'entrée d'un centre hospitalier. Ce matin, c'est mon tour ; je fais partie de ces patients pour la première fois de ma vie. Je n'ai pas rendez-vous au 9, rue de Turin pour me lancer, face à mon miroir, dans une imitation de Shakira, si réussie qu'elle puisse être. Non, je viens plutôt pour… pour…

En fait, je ne sais pas. Je ne sais plus. Pour tout dire, je suis complètement perdue. Depuis des semaines, j'ai l'impression d'être égarée dans un labyrinthe, sans pouvoir penser à ce qui m'arrive, cherchant simplement une issue positive après le coup de massue que je me suis pris sur la tête. Alors, comme chacun d'entre nous quand il se sent absolument démuni, je fais avec les moyens du bord.

Mon truc à moi, c'est la musique et la danse. J'appelle la santé à rester bien confortablement arrimée à mon existence. Je lui donne l'ordre sur-le-champ – oui, sur-le-champ – de squatter mes petites cellules et mes organes le plus longtemps possible. Je lui chante même : « Whenever, wherever, reste avec moi, je te promets que je penserai à toi chaque jour maintenant ! » que je lui dédicace depuis des semaines.

Pendant toutes ces années, je n'avais jamais vraiment fait attention à elle. Elle, la santé. Quoi de plus normal que de se lever chaque matin et d'aller marcher, courir, danser, sauter, de poster des selfies-grimace sur Instagram, de dévorer avec appétit mon petit déjeuner multigraines 100 % fibres, d'avoir de l'énergie pour faire l'amour... Je ne m'étais pas rendu compte à quel point elle est précieuse, à quel point elle compte à chaque nanoseconde de notre quotidien. Je faisais simplement ce que j'avais à faire. Je traversais les malheurs et les joies de l'existence sans y penser. Ou alors, quand j'y pensais trop, je me disais : « Avance ! Demain, tu n'y penseras plus. » Et j'avançais naïvement, en croyant qu'être en forme, c'était inné.

Quand tout va bien, on oublie le miracle que c'est d'avoir un corps où tout tient ensemble, où tout fonctionne. Ce n'est que lorsqu'on sait qu'on va mourir bientôt, ou qu'on risque de mourir, qu'on se rend compte à quel point la vie est fabuleuse. Car, oui, elle ne tient qu'à un fil ou – sans jeu de mots – un battement. Un peu comme dans nos relations amoureuses : parfois, il faut perdre l'autre pour réaliser à quel point on tenait à lui.

Alors, voilà, depuis plusieurs semaines je ne pense qu'à ma santé. Matin, midi et soir, et même à l'heure du goûter. Elle est devenue mon obsession. Je la supplie nuit et jour de me garder en vie et de continuer à faire battre mon petit cœur. Enfin, à ce moment-là, il n'est pas vraiment petit : il semble plutôt qu'il soit un peu trop gros, voire tendu, d'après les spécialistes…

Ma vie me fait penser à un œuf que l'on vient brouiller d'un mouvement vif. Des rivières de guimauve envahissent mes muscles. J'ai l'impression de marcher sur des omelettes glissantes. Ma tête est une jungle, comme le chante Emma Louise. Une jungle touffue, remplie de lianes encore plus tordues que mes pensées, entremêlées de façon encore plus inextricable que les boucles sur ma tête. Même Tarzan, tout écolo qu'il soit, ne s'en servirait pas comme moyen de transport tellement elles paraissent foutues.

Je n'ai plus aucun ancrage, ni dans la vie, ni dans ma tête. Je m'abandonne à tout. Je m'attends au pire. Mais je fais en sorte d'y arriver bien préparée : j'ai gardé sur les ongles mon vernis semi-permanent couleur corail, juste au cas où. Si je quitte mon corps dans quelques heures pour rejoindre le Paradis, où je retrouverai mes mamies et celui qui m'a « éduquée » sans le savoir, mon Michael (Jackson), qui m'accueillera d'un Moonwalk parfait sur son tapis de nuages, j'aurai au moins une manucure correcte. La veille, j'ai même évité de mettre de la Bétadine sur mes cheveux blonds de peur de les colorer. Cheveux roses et ongles corail, j'imagine la réaction du Tout-Puissant à mon arrivée dans l'au-delà : « Cyrielle, vous sortez du cirque, avec votre barbe à papa sur la tête et vos gommettes sur les ongles ? » Non, non, je me suis juste désinfectée la tête avant le bloc opératoire, et je voulais être sur mon 31 pour vous rencontrer ! C'est pas tous les jours… #GlamourUnJourGlamourToujours.

Un cœur doré pour mes 27 ans !

J'ai « pleur » : c'est grave, docteur ?

On m'installe dans ma chambre. Dans quelques heures, je vais rencontrer une anesthésiste et des cardiologues. Moi qui ai peur de l'abandon, nul doute que je vais me retrouver très entourée – peut-être même un peu trop à mon goût. Je n'ai pas l'habitude d'être le centre de l'attention d'hommes et de femmes en blouse blanche ou verte, le visage recouvert d'un masque. Enfin, disons que c'est surtout mon cœur qui va être le sujet de leur intervention. Ils vont me poser entre les deux oreillettes une sorte de prothèse en métal pour « reboucher » ma malformation. Ils appellent ça un « parapluie ».

Ironiquement, c'est l'idée même qu'on m'installe ce « parapluie » dans le cœur qui a fait pleuvoir de mes yeux des dizaines d'unidoses de larmes ces dernières semaines. Je n'ose imaginer comment ma peur se serait exprimée si j'avais dû subir une opération à cœur ouvert – ce à quoi j'aurais sans doute eu droit si ma pathologie avait été diagnostiquée quelques années plus tôt. Grâce aux nouvelles techniques, les cardiologues vont seulement faire passer plusieurs fils métalliques de l'aine jusqu'à mon oreillette gauche. Je devrais m'extasier, me dire : « Waouh, vive la science ! » Pourtant, je n'y arrive pas. De nombreux nourrissons ou jeunes enfants pleurent parce qu'ils ont peur du noir. D'une certaine manière, à 27 ans, c'est aussi de ce noir-là dont j'ai peur. Tout à coup, ma vie d'entrepreneure, de femme et de future mère a disparu des écrans radar. Me voilà redevenue une enfant qui ne voit pas plus loin que le bout de son nez et de ses bouclettes ! #VisMaVieDePeureuse

Natalie Portman peut aller se rhabiller avec ses pleurs de compétition dans *Black Swan*. Ce matin, je pense avoir remporté haut la main l'Oscar dans la catégorie dramatique. Une plaquette entière de Lexomil et deux Xanax – ces médicaments connus pour traiter l'anxiété la plus sévère – n'ont pas réussi à sécher ne serait-ce qu'une seule de mes larmes de crocodile. Rien n'y fait. Je n'y arrive pas. Je ne veux pas. Mes larmes coulent toutes seules, comme si un barrage avait cédé. Elles inondent mon visage des heures durant.

Hier soir, quand je suis partie faire mon jogging préhospitalisation avec mon cœur, il battait fort, très fort, même. Je voulais le mettre à l'épreuve, peut-être pour la dernière fois. Je crois que ce fut le jogging le plus triste et lumineux à la fois que j'aie jamais fait. Madonna, Lady Gaga, Rihanna et Michael Jackson chantaient à tue-tête dans mes oreilles. Ils me donnaient la force et l'énergie d'aller plus vite, plus loin. Leurs mots me faisaient croire en l'amour, en la vie. Je me sentais libre, vivante. Bien évidemment, le lendemain, je me suis abstenue de raconter aux médecins chargés de mon dossier cette petite virée au parc Monceau, cheveux au vent et yeux rougis. Quelle personne sensée irait faire un jogging à moins de vingt-quatre heures d'une intervention cardiaque, surtout avec un cœur affaibli depuis vingt-sept ans ? #JeNenFaisQuÀMonCoeur #JeNaiPlusDeRaison !

Cadeau d'anniversaire : un cœur malformé aussi discret qu'un agent de la CIA

J'ai eu beaucoup de mal à croire et à accepter du jour au lendemain que, depuis mon arrivée sur cette planète, mon cœur, censé être l'organe de l'amour, ce cœur devenu bien trop grand, se fatiguait tout seul. Caché derrière mes côtes, ce sacré chenapan s'essoufflait au fur et à mesure des années, sans crier gare. Je vivais. Je grandissais. Et lui, il se déformait. Mon cœur jouait la carte de la discrétion ; il s'était mis en mode « agent secret », mission « silence extrême ». Les médecins ont appelé ça un caractère « asymptomatique ».

Néanmoins, tout en se déformant en sourdine, mon cœur me faisait cracher mes poumons aux premières foulées de jogging ou dès que je montais trois marches. Comme je pensais être « normale », je n'y prêtais pas attention. Je me disais tout bonnement que je ne savais pas m'oxygéner correctement et que, un de ces jours, je devrais prendre des cours pour apprendre à respirer – enfin, à l'occasion, plus tard, quand j'aurai le temps.

Le 4 juin 2014, j'ai fêté mon anniversaire. Comme on le fait souvent au moment de souffler ses bougies, j'ai formé des vœux : être heureuse, réussir professionnellement, vivre des choses en phase avec mes envies profondes, trouver le prince charmant sans passer par le baiser au crapaud (quoi que, ça, j'ai déjà connu…). J'étais à des années-lumière de me douter que, dans les heures qui suivraient ces moments festifs inondés de messages de mes amis proches et digitaux, allait commencer un cauchemar.

Vous allez bien. Ou, du moins, vous pensez aller bien. Et, tout à coup, on vous annonce que vous risquez de mourir demain. À peine le temps de comprendre ce qui vous arrive que vous vous retrouvez sur un brancard. On vous dit : « On va bientôt aller au bloc. » Et là, votre vie entière se déroule sous vos yeux. Et mes yeux venaient tout juste de vivre un moment aussi indescriptible qu'inoubliable.

Ça s'est passé comme ça. Au lendemain de mon vingt-septième anniversaire, je venais de réaliser un de mes rêves : partir en mission humanitaire. Je venais de me rendre au Bangladesh auprès des Rohingyas, une ethnie qui compte parmi les plus durement persécutées du monde. La veille de mon départ, je fais une visite médicale de routine. On me pose un stéthoscope sur la poitrine et on m'apprend j'ai un souffle au cœur. Allons bon. Première nouvelle. On ne me l'avait jamais dit. Le médecin insiste : il faut regarder ça de plus près dès que possible.

Je prends l'avion et, sitôt arrivée au Bangladesh, confrontée à la misère abominable des camps de réfugiés, j'oublie mes petits problèmes de santé. De retour en France, je consulte un cardiologue qui m'annonce, après une série d'examens, que je suis malformée depuis ma naissance et que j'ai « un trou dans le cœur ».

Le mot « trou » est brutal. Je le fais répéter. J'essaie de me représenter la chose. Mes cours de SVT (sciences de la vie et de la Terre) sont loin, très loin. J'avoue : à seize ans, la composition du corps humain et la forme de ses organes n'étaient pas exactement en tête de liste de mes préoccupations. J'avais beau passer un baccalauréat scientifique en internat, mon temps libre était essentiellement consacré à danser en boîte de nuit avec mes copines sur JLo, Britney Spears ou les Destiny's Child. Alors, évidemment, imaginez ma tête quand, une décennie plus tard, on me parle fonctionnement du cœur, artère, aorte, oreillette et ventricule…

Mon nouveau (et premier) cardiologue, le docteur Laurent Sitruk, m'explique que, entre les deux oreillettes, j'ai un trou de près de 3 centimètres de diamètre, résultat d'une malformation qui s'est aggravée au fur et à mesure de ma croissance. Ah bon, d'accord. Un trou. Mais là, je vais partir en vacances et j'aimerais quand même atterrir émotionnellement de tout ce que j'ai vu et

ressenti au Bangladesh. On peut en reparler à la rentrée ?
Non. C'est une question de semaines. C'est vital. Sinon, votre cœur va continuer de se fatiguer.

Bam. Fred Pierrafeu, sorti de sa caverne, s'est discrètement glissé dans le cabinet médical pour m'assommer. Cerise sur le gâteau : ce cœur, il faut le reboucher immédiatement. Dans les prochains jours.

Trou, opération, hospitalisation, mort, clinique, prothèse, fils dans l'aine… Un brouhaha de mots violents envahit mon cerveau. Mes lianes crâniennes se mettent hors service. Même Tarzan abdique. Le roi des lianes se convertit à la bicyclette.

Des magiciennes boliviennes qui réparent les cœurs

Si j'avais su que, à des milliers de kilomètres de là, des frères et sœurs d'infortune subissaient fréquemment ce type d'intervention, j'aurais sans doute économisé des kilos de mouchoirs – et sauvé des arbres.

En Bolivie, un des pays les plus pauvres d'Amérique latine, des centaines d'enfants nés avec la même malformation sont guéris grâce au savoir-faire unique et séculaire de femmes indigènes, les Aymaras. C'est une anomalie cardiaque détectée dès les premiers mois de la vie. La ville de La Paz, capitale du pays, est située à 3 600 mètres d'altitude. Or il est scientifiquement prouvé que l'altitude favorise cette malformation congénitale. C'est pour cela, d'après les statistiques, qu'un enfant bolivien a plus de risques de naître avec une maladie cardiaque. Dans le monde, selon les spécialistes, un enfant sur cent nait avec une malformation cardiaque. Oui, un sur cent. Ça fait froid dans le dos, n'est-ce pas ?

Autrefois, la réputation des femmes Aymaras reposait sur la confection de chapeaux et couvertures traditionnels. Aujourd'hui, elles ajoutent une corde à leur métier à tisser : elles ont été formées pour mettre au point un dispositif médical moderne qui permet de refermer durablement les trous dans le cœur de petits patients. Autrement dit, elles fabriquent ce fameux « parapluie ». Ces véritables reines du tissage font des miracles avec leurs mains, et chaque année, grâce à elles, des vies sont sauvées.

À l'origine de cette idée « jugaad » (voir l'encadré ci-dessous), on trouve un médecin bolivien, le docteur Franz Freudenthal. Je vous invite à regarder sa conférence inspirante Tedx qui a fait plus d'un million de vues. Son innovation permet d'éviter une opération lourde à cœur ouvert, donne du travail aux femmes indigènes Aymaras et minimise les coûts de l'intervention. Quelques minutes suffisent pour « reboucher » la valve manquante des jeunes patients. #Tech4Good with #JugaadPower

La « jugaad attitude »

En hindi, *jugaad* signifie « débrouillardise » ou « système D ». Cela consiste à trouver des solutions avec ce que l'on a à portée de main, tout en minimisant l'impact sur nos ressources. Des milliers d'idées et d'innovations ingénieuses voient le jour aux quatre coins du monde, notamment dans les pays émergents.

Dans leur livre *L'Innovation Jugaad. Redevenons ingénieux!*, Navi Radjou, Jaideep Prabhu et Simone Ahuja identifient les six grands principes de la méthode « jugaad » :

« 1 : Rechercher des opportunités dans l'adversité ;

2 : Faire plus avec moins ;

3 : Penser et agir de manière flexible ;

4 : Viser la simplicité ;

5 : Intégrer les marges et les exclus ;

6 : Suivre son cœur. »

C'est en Inde qu'est née l'idée d'un réfrigérateur fonctionnant sans électricité. L'un des problèmes majeurs dont souffre l'économie indienne, actuellement septième puissance mondiale, est l'accès à l'électricité. Trois cents millions d'habitants en sont encore privés. À l'heure où, en Occident, la réalité virtuelle nous permet de « rencontrer » les dinosaures ou encore de nager au milieu de la faune sous-marine sans se mouiller, la majorité de nos amis indiens – et pas seulement eux – en sont encore à espérer pouvoir grappiller un brin de lumière, un brin d'énergie, pour se chauffer, cuisiner convenablement, étudier et se divertir. Selon les dernières estimations de la Banque mondiale, près de 1,1 milliard d'habitants sur la planète n'ont toujours pas accès à l'électricité. C'est à peu près l'équivalent de la population indienne totale. Ainsi, le gouvernement indien, à travers l'engagement de son Premier ministre, Narendra Modi, a fait de l'accès à l'énergie, notamment renouvelable, l'une de ses priorités.

Les idées les plus simples sont souvent les meilleures. MacGyver n'en a-t-il pas fait son fonds de commerce pendant presque dix ans ? Trois décennies plus tard, des milliers de MacGyver innovent à travers le monde pour répondre à des défis sociaux et environnementaux, suivant à la lettre les mots de Mark Twain : « Ils ne savaient pas que c'était impossible, alors ils l'ont fait. »

L'un d'eux est Mansukh Prajapati, potier indien devenu entrepreneur social. En 2001, un tremblement de terre meurtrier dévaste le Gujarat, où Mansukh fabrique des jarres traditionnelles. Dans les ruines de son atelier, il lui vient une idée de génie : mettre au point un réfrigérateur en argile, 100 % biodégradable et autonome, fonctionnant sans électricité. Pendant quatre ans, Mansukh travaille sans relâche. Comme tout bon entrepreneur, il passe par de longs mois d'expérimentations, de doutes et de problèmes financiers. Mais l'adversité ne le décourage pas. Écoutant son cœur, il surmonte ces épreuves, jusqu'à ce que le premier Mitticool voie le jour en 2004. Cette invention à forte valeur ajoutée, à moindre coût et à fort impact social a attiré l'attention des médias du monde entier, et même celle de son propre président.

« Faire plus avec moins » : tel est donc le mot d'ordre de cette « jugaad attitude » mise en œuvre par des entrepreneurs de plus en plus nombreux, et pas seulement dans les économies émergentes. En Europe, où la « Social Green Wave » a le vent en poupe, les grands groupes s'y mettent aussi afin de répondre aux attentes de leurs clients, employés et actionnaires. C'est ce que l'on observe à travers les « projets RSE », pour « responsabilité sociétale des entreprises ». Ils consistent à fabriquer, avec le soutien de startup sociales ou d'ONG, des produits plus abordables et plus durables, destinés à des consommateurs qui veulent mieux consommer, ou encore à améliorer les conditions de travail des employés tout en réduisant l'impact environnemental de leurs activités.

Grâce, notamment, à la révolution numérique, les citoyens comprennent que, malgré la distance, les différences de culture, de langue ou encore de religion, nous sommes, *in fine*, tous interdépendants. Le Dalaï-lama nous le répète depuis des années, il est temps d'en prendre conscience…

CHAPITRE II
Nouveau cœur, premier éveil

Un souffle de gratitude

Bip. Bip Bip. Bip Bip. Mes oreilles bourdonnent. Je sens une présence. Un homme dont le bas du visage est caché par un masque me scrute. Je connais ce visage. *You are not alone.* Ses yeux me sourient. Je n'arrive pas à ouvrir totalement les miens. Mes paupières sont lourdes comme du plomb. « Essayez encore. Voilà. »

J'ouvre doucement les yeux. Je vois mon cardiologue. Je l'entends me dire : « Tout va bien, vous êtes en salle de réveil. » La première chose qui me vient à l'esprit, c'est : vite, toucher son bras ! J'ai besoin d'un contact physique. Je ne sais pas pourquoi. Un réflexe humain, peut-être, alors que je pensais ne plus jamais revenir dans cette vie. Puis c'est mon chirurgien qui vient me saluer. Allongée sur mon brancard, je lui touche la main. Encore une fois, besoin de toucher pour me rassurer.

Quelques minutes plus tard, j'ouvre à nouveau les yeux dans ma chambre tout illuminée par le soleil couchant. C'est sans doute le coucher de soleil le moins glamour de ma vie, mais l'un des plus inoubliables. C'est celui de ma renaissance. Dans un coin de la pièce, il y a mon père. On ne se parle pas. On se regarde, simplement. Je souris. J'ai des fils et des électrodes partout, même sur les jambes. Et un gros pansement sur mon aine droite, là où les fines traces de cette intervention resteront à jamais…

Mes connexions synaptiques se rétablissent peu à peu. Je reprends mes esprits. Je n'en reviens pas : vivante ! Je suis vi-van-te ! Je me voyais emportée par Madame la Faucheuse, et me voici bouillonnante d'excitation. Des éclairs de joie m'emplissent le cœur. C'est une joie pure, intacte, entière, qui me prend au corps, là, sur mon lit, à la clinique. Je me prends à remercier Madame Santé et Madame Vie de m'avoir donné une chance de continuer, si brutal soit ce monde. Je sais que je suis dans les vapes, totalement à l'ouest, mais je m'en fiche.

Madame « Gratitude » est là aussi. Je la ressens enfin. Je lui susurre un : « Coucou ! » J'avais déjà entendu parler d'elle dans la bouche du Dalaï-lama ou dans celle de Matthieu Ricard, mais jusqu'alors je n'avais jamais ressenti dans ma chair ce que pouvait vouloir dire « être reconnaissant ». Alors, avec ma voix intérieure, je me mets à lui parler sincèrement, pour la première fois : « Madame Gratitude, je comprends enfin qui tu es. La

NOUVEAU CŒUR, PREMIER ÉVEIL

lecture de pages et de pages écrites à ton sujet n'avait pas suffi, mais aujourd'hui cette peur de partir à tout jamais me fait voir qui se cachait derrière ces neuf lettres. Tu es belle! C'est bon de te sentir, de se sentir en vie et de comprendre que l'on a une seconde chance sur cette terre. Je te remercie du plus profond de mon cœur… sans jeu de mots!»

Un jour, la vie nous est donnée, et nous ne savons pas pourquoi. Puis, un autre jour, elle nous est retirée, et nous ne savons pas davantage pourquoi. Mais, entre les deux, il arrive parfois que, précisément au moment où l'on se croyait au bord de la mort ou au fond du trou, une seconde chance nous est accordée. Peut-être que l'on peut parler de grâce. Je n'avais rien fait de plus extraordinaire que n'importe qui d'autre pour mériter d'être sauvée. Mais il y a une chose dont je suis certaine: quand la vie nous accorde un second souffle, la moindre des choses, c'est de s'en rendre digne et de la remercier. Ce que je fais dorénavant chaque jour de cette nouvelle existence.

Dès mon réveil, cette évidence me foudroie. C'est là, dans ma chambre, que je comprends que je dois œuvrer différemment dans ce nouveau chapitre de ma vie qui s'offre à moi.

Ce réveil, l'un des plus heureux de mon humble existence, m'a permis de donner un sens à ma vie de jeune femme trentenaire. Avant, comme beaucoup d'entre nous, je «dormais». Je subissais mon quotidien. Je rêvais ma vie. Je traversais mon existence en me gardant bien de me poser trop de questions dérangeantes.

Ce début de renaissance, je sais qu'il a commencé là-bas, au Bangladesh, quand j'ai été touchée en plein cœur par le sort inhumain des réfugiés rohingyas. Ce n'est pas tous les jours qu'une mission humanitaire sauve la journaliste qui s'est rendue sur place pour enquêter. Quand on a failli y laisser ses bouclettes, on n'a plus rien à perdre, même plus le temps.

En gardant un œil vigilant sur Madame la Faucheuse, je me suis engouffrée dans cette trajectoire nouvelle où tout était désormais possible. Armée de mon nouveau cœur, chaque battement est désormais celui d'une militante. En tant que « rescapée cardiaque », j'ai notamment voulu comprendre ce qui m'était arrivé et pourquoi cela peut arriver à tant d'autres, et j'ai commencé à m'intéresser aux maladies cardiovasculaires.

J'ai découvert qu'il existe deux familles au sein des maladies du cœur ou cardiopathies. La mienne, c'est la famille « Pas de bol ». Elle regroupe tous ceux qui naissent avec un cœur malformé : c'est ce qu'on appelle une cardiopathie congénitale. Et puis il y a la famille « Y en aura pour tout le monde », celle des cardiopathies acquises. Ne vous y trompez pas : naître dans la première famille ne vous met pas à l'abri de bénéficier de la générosité de la seconde !

Les maladies cardiovasculaires représentent la première cause de mortalité au monde. Concrètement, cela veut dire que, chaque année, plus de personnes meurent de maladies cardiovasculaires que de toute autre cause. Et c'est un fléau sanitaire qui touche principalement les femmes. Pourtant, la recherche s'intéresse beaucoup moins à ces dernières qu'aux hommes…

Je suis résolue à ne pas passer ce sujet sous silence. Il est à l'origine d'une épreuve qui a changé ma vie. Et le cœur des femmes mérite bien cette attention.

Une planète aux cœurs et aux femmes fragiles

> « Je n'ai pas un cœur de pierre, je suis une petite fille en verre. Sous mes aspects difficiles, se cache un cœur fragile. Ne te fie pas aux apparences, ne rentre pas dans cette danse. Je ne suis pas celle que tu crois, mon cœur n'est pas si froid. »
>
> Auteure anonyme inspirante ou inspirée, citée sur de nombreux blogs

La première cause de mortalité au monde

Quand vous faites le symbole du cœur avec vos mains sur les réseaux sociaux pour soutenir, comme Justin Trudeau, le Premier Ministre canadien, la communauté LGBT lors de la Gay Pride de Toronto, c'est très bien. Votre militantisme vous honore. Mais pensez aussi à faire ce geste pour sensibiliser votre entourage au plus grand fléau sanitaire au monde.

Car il se pourrait bien que votre (futur) cardiologue devienne un jour votre meilleur ami. Notre cœur est fragile, vulnérable, et il fait parler de lui chaque jour dans le monde. En 2016, lorsque le cancer tuait

8,8 millions de personnes, les maladies cardiaques en emportaient plus de 15 millions[1]. Pour vous donner un ordre d'idées, c'est comme si la population entière du Burkina Faso ou des Pays-Bas disparaissait chaque année. Sur le podium des maladies qui nous éliminent comme des mouches, les cardiopathies sont de loin le grand « vaincœur ».

En raison d'un défaut de prévention et de soins, les populations les plus pauvres sont les plus affectées. Les cardiopathies concernent ainsi jusqu'à 75 % des habitants des pays à revenus faibles ou intermédiaires. Mais attention, elles touchent aussi de plein fouet les « pays du Nord » : aux États-Unis, les maladies cardiovasculaires constituent la première cause de mortalité, devant le cancer[2].

En France, même si nous ne sommes pas les inventeurs de la *junk food*, nous ne sommes pas épargnés. Chaque jour, 213 personnes succombent à une crise cardiaque fatale. Chaque année, le cœur de 150 000 Français s'éteint. Les maladies du cœur constituent la deuxième cause de mortalité, juste derrière le cancer. Enfin, ça dépend des années… Copains comme cochons, « Fléau Cœur » et « Fléau Cancer » se tirent la bourre en permanence. #TristeComparaison

Donc, *in fine*, nous sommes bien *tous* concernés par cette menace, car Madame la Faucheuse ne fait pas

---

1. Source : Organisation mondiale de la santé.
2. Source : Centers for Disease Control and Prevention (CDC) – Centres pour le contrôle et la prévention des maladies.

dans la demi-mesure ! Il existe pourtant un moyen de la contrer et de la tenir éloignée de nous le plus longtemps possible. Notre meilleure arme contre cette funeste harpie, c'est l'information.

Nous pouvons nous prendre en main grâce à des examens adéquats et à une hygiène de vie adaptée. Pour cela, de la volonté, des fibres dans notre assiette et quelques heures d'activité physique suffisent. En somme, bien manger et transpirer un peu pour la bonne cause ;-) #WonderHeartSoldier

Le cœur fait dans le genre

Puisque le cœur fait dans le genre, les femmes vont prendre la parole et marteler que, non, notre genre ne nous tuera pas !

Les femmes ont un cœur fragile. Les maladies cardiovasculaires les frappent massivement chaque année – cardiopathies acquises et congénitales confondues. Une femme sur trois en meurt. Qu'elles vivent sous les tropiques, auprès de chiens de traîneau ou non loin du Manneken-Pis, elles sont les premières concernées et les dernières informées des symptômes genrés. #CoeurSexiste ?

Dans la famille « Chenapans », je voudrais Monsieur Infarctus et Madame Crise cardiaque

Face aux infarctus du myocarde – ou crises cardiaques –, nous ne sommes pas égaux. Les hommes ressentent une intense douleur au niveau de la poitrine, pouvant se propager jusqu'au bras gauche et à la mâchoire. Les femmes, elles, font plutôt état d'une douleur au niveau du dos. Elles peuvent avoir des palpitations, des essoufflements ou encore des nausées. Elles peuvent aussi ressentir une grosse fatigue ou faire subitement une forte rétention d'eau. Rien à voir, donc, avec le prétendu profil-type en matière de maladie cardiovasculaire : un homme de plus de cinquante ans, fumeur, sédentaire et en surpoids.

Résultat : les femmes sont invisibles dans le paysage de la prévention. Pourtant, Monsieur Infarctus et Madame Crise cardiaque tuent de plus en plus ces courageuses qui, comme à leur habitude, restent muettes face à la douleur. La prise en charge des femmes dans les centres de soin intervient entre quarante-cinq minutes et une heure plus tard que celle des hommes. Or, en matière d'accident cardiaque, chaque minute compte.

Dans la famille « TNT », je voudrais Madame Contraception et Monsieur Tabac

Les filles, il est inutile de se voiler la face – et, croyez-moi, il n'y a rien d'antiféministe là-dedans : la pilule associée à la cigarette n'est pas votre meilleure amie. De même, les hormones artificielles ne sont pas nos alliées. Notre mode de vie a évolué, nous nous sommes émancipées. Tant mieux. Mais toute médaille a son revers. Pilule œstroprogestative et tabac sont devenus « une grenade dans la poche », assure le docteur Jean-Jacques

Monsuez, cardiologue, universitaire et membre de la fondation Ajila[1].

L'« empowerment » des femmes : #PourUnMondeMeilleur!

Wonder Women, Wonder Businesswomen, Wonder Mummies, Wonder Consommatrices : les femmes, de par les différentes casquettes qu'elles arborent au cours d'une même journée, jouent un rôle crucial dans nos sociétés. Mais pour incarner tout cela simultanément, encore faut-il être en bonne santé! Aussi, en 2009, l'Organisation mondiale de la santé a fait de la santé des femmes une priorité : « S'occuper de la santé des femmes est une approche nécessaire et utile pour renforcer les systèmes de santé d'une façon générale, dans l'intérêt de tous. Améliorer la santé des femmes, c'est rendre le monde meilleur[2]. » La santé des femmes et des filles est un facteur clé pour vivre dans une société plus saine, juste, égalitaire et surtout durable.

En clair, plus les femmes et les filles sont en bonne santé, plus elles sont autonomes, moins elles sont la cible de violences conjugales, d'extrémismes, de migrations forcées ou de discriminations sexistes, plus nous œuvrons pour que le progrès économique et social aille de pair avec la préservation de l'environnement et la

---

1. Ajila est une organisation caritative, notamment à l'initiative du mouvement « Sauvez le cœur des femmes ». Ses conclusions sont sans équivoque : le cocktail explosif « pilule + tabac », 100 % néfaste, multiplie par 20 ou 30 les risques d'infarctus chez la femme.

2. OMS, « Les femmes et la santé. La réalité d'aujourd'hui, le programme de demain », novembre 2009.

transmission d'un monde plus équitable aux générations futures. Eh oui, tout cela à la fois ! Alors, prenez un mégaphone, et qu'on se le dise !

Ce que l'on sait moins et qu'il faut faire savoir, c'est qu'il existe un biais sexuel en biomédecine : les médecins étudient les maladies et testent les médicaments surtout sur des hommes[1]. Or, pour prendre un exemple, nos gènes codent pour des protéines d'une façon différente selon qu'on est un homme ou une femme. Concrètement, cela signifie que beaucoup de gènes actifs dans le foie, les cellules graisseuses, les muscles et le cerveau s'expriment différemment en fonction de notre sexe. Du coup, face à une maladie, hommes et femmes ne réagissent pas forcément de manière identique.

De même, notre genre a un impact sur notre réaction à un médicament. Pourtant, la majorité des études animales sont effectuées sur des mâles, et les essais cliniques se font préférentiellement sur des hommes. Alors que les maladies cardiovasculaires constituent la première cause de mortalité chez les femmes dans le monde, ces dernières ne représentent qu'un faible pourcentage des cohortes des essais cliniques liés au cœur. Un problème, mon cher Watson ?

Si nous ne sommes pas égaux en termes de prévention ou de diagnostic, nous pouvons tous en revanche avoir une hygiène de vie saine pour lutter contre le fléau des

---

1. « La recherche médicale néglige les femmes », Slate, 6 août 2010 : http://www.slate.fr/story/25897/femmes-pas-representees-medecine-etudes-scientifiques

maladies cardiovasculaires. Avoir un cœur léger, c'est possible. Une bonne dose d'information, un soupçon de volonté, une louche de sport, une grosse pincée de fibres et un grain de folie de temps en temps : voilà les ingrédients d'une recette efficace et durable pour préserver son cœur et sa vie.

Notre vie est précieuse, car elle est unique. Nous serons bientôt près de 8 milliards d'êtres humains à vivre dans notre beau palace commun, la planète Terre. Nous avons une multitude de rencontres à faire, de choses à vivre, d'activités à découvrir ! Nous voulons tous être acteurs de nos vies, alors soyons-le aussi lorsqu'il s'agit de donner un coup de fourchette ou de prendre en main sa santé.

L'amour, ce n'est pas seulement ce qui lie deux êtres différents. L'amour commence avec soi-même. S'aimer soi-même et aimer sa vie, c'est d'abord aimer cet organe qui bat chaque seconde pour nous. C'est chercher à lui offrir un maximum de possibles pour qu'il puisse nous faire vibrer plus longtemps. Être à l'écoute de sa vie, c'est être à l'écoute de son cœur.

Comment faire, concrètement, pour prendre soin de son cœur ? Je vous propose en fin d'ouvrage des cardio-conseils détaillés, issus des recherches scientifiques les plus récentes et de mon expérience personnelle[1]. Les lire ne vous prendra pas plus de vingt minutes. Vingt minutes, c'est beaucoup et c'est très peu à la fois. C'est

---

1. Voir p. 137 et suivantes.

dix stations de métro ou un peu moins qu'un épisode de votre série préférée. Au pire, vous vivrez plus longtemps. Ça se tente, non ?

Mais d'abord, laissez-moi vous raconter comment, pour moi, tout a commencé.

CHAPITRE III
Le jour où…

Elle me scrute de ses yeux noisette, fait quelques pas vers moi, me sourit, avance encore, empaquetée dans sa robe orange tachée, détaille ma chevelure comme je détaille sa silhouette frêle, sombre, ternie par la boue. Elle a 8, 9 ans tout au plus. L'intensité de son regard me foudroie. Plus je progresse dans ce camp de réfugiés, plus je me sens petite.

Pause. *Rewind*. Je viens de terminer mon contrat au sein de la rédaction d'une émission de télévision animalière. J'ai envie d'explorer quelque chose de plus vaste, de plus difficile. Les animaux, je les adore – au point que je ne les mange plus. Mais me cantonner à un seul univers me frustre.

Je me tourne vers l'écriture d'un projet audiovisuel axé sur l'humanitaire au Bangladesh. Très vite, une évidence : faire tout ça depuis Paris, en ayant recours aux images trouvées sur Internet, n'aurait aucun sens. Je dois impérativement me rendre sur place pour recueillir des témoignages d'expatriés et de locaux engagés, afin de comprendre les problématiques majeures du pays. Stéphanie, la présidente de l'époque de l'ONG Action contre la faim, me prévient : « C'est fini, l'image de l'homme blanc héroïque qui croit tout savoir et pouvoir apporter son aide. Ce n'est pas comme ça que l'on doit voir l'humanitaire. C'est plus complexe. »

Ces mots, je les comprendrai réellement lorsque je poserai le pied à Dacca. Les images racoleuses post-Éthiopie montrant des enfants malades pour réclamer des dons sont surannées. Obsolètes. Indécentes. Je ne les supporte plus, elles ne sont pas dignes de ces vies humaines. Respectons ces personnes et donnons-leur les outils pour se relever socialement et économiquement. Finissons-en avec les clichés qui veulent susciter notre pitié. À ce sujet, je vous recommande vivement le film corrosif de Michael Matheson Miller sur le business mondial de la charité, *Poverty, Inc.*, sorti en 2014. Il montre comment l'aide au développement, au lieu d'autonomiser les pays qui en ont besoin, amplifie parfois leur dépendance de façon très pernicieuse.

Dacca, capitale du Bangladesh, est l'une des villes les plus densément peuplées du monde. À mon arrivée, j'ai à peine le temps de me familiariser avec le chaos des rues et le port où se pressent des bateaux rouillés de toute taille, sur le pont desquels on voit des hommes se laver à l'aide de seaux en fer. Déjà, il est temps de nous envoler pour Cox's Bazar.

Cette mégapole côtière proche de la frontière birmane, dans l'extrême sud-est du pays, est bien connue des surfeurs en raison de ses 120 kilomètres de plage. Pour moi, pas de surf au programme, mais une visite qui restera gravée dans ma mémoire à jamais dans un camp de réfugiés rohingyas où vivent des dizaines de milliers d'apatrides.

Avant d'entrer dans le camp, nous nous rendons dans le dispensaire médical de l'ONG. La première «pièce» où nous pénétrons, Stéphanie et moi – un espace en bambou fait de bric et de broc –, est réservée aux mères et aux femmes enceintes. Une sorte de «cabinet gynécologique» où les femmes ventilent leurs nourrissons avec des feuilles pour les rafraîchir. À la vue de ces nourrissons collés les uns aux autres sur un maigre matelas posé au sol, je suis prise d'une irrésistible envie d'aller les rejoindre. Finalement, n'y tenant plus, je vais m'asseoir par terre avec eux. Un moment doux où je parviens à sourire – ce que je n'arriverai pas à faire lorsqu'on me prendra en photo aux côtés de ces mères rohingyas avec leurs petits.

Généralement, je ne suis pas avare de sourires, mais là, pour la première fois, je me suis demandée si c'était une attitude appropriée. Dès les premières minutes dans ce dispensaire, face à la malnutrition et à la pauvreté, j'ai pensé à mes rendez-vous chez le gynécologue dans un bel immeuble parisien avec électricité, ascenseur et miroir gigantesque dans le hall d'entrée. Avalant difficilement ma salive, j'ai esquissé un timide sourire pour les photos et je me suis dit : pour un premier pas dans l'humanitaire, ça commence bien. Rentrer dans le vif du sujet, sortir de ma zone de confort, c'est réussi. Ça me donne envie de continuer et de rester avec eux. Pas de clichés photoshopés, pas de décors de cinéma, la vraie vie, j'y suis. Le quotidien de millions d'âmes. « Bienvenue dans la réalité » me dit ma voix intérieure.

En ce mois de mai, le taux d'humidité atteint des sommets. Il fait une chaleur épaisse qui vous enveloppe totalement. Ma petite voix interne d'Occidentale ne peut s'empêcher de réclamer la clim. J'ai honte. J'observe à la dérobée ces dizaines de petits corps âgés de quelques mois, assommés par la chaleur. C'est étrange : aucun ne pleure ni ne hurle, comme si leur inconscient était déjà en mode « survie » pour les préparer au pire...

À l'autre bout de la pièce, les femmes attendent en file indienne de bénéficier de soins et d'examens. Dans la pièce attenante, femmes et enfants font la queue pour avoir une portion de Plumpy'Nut, une pâte énergétique à base d'arachide pour nourrissons et enfants atteints de malnutrition. Là encore, rester debout et juste observer, ce n'est pas envisageable. Je vais m'asseoir à côté d'une mère et de son bébé. Huit secondes plus tard, cuillère en main, je donne à manger cette pâte à la petite fille, âgée de 6 mois. Une pâte « magique », car elle permet aux enfants de retrouver en quelques semaines une force et un poids normaux.

La visite du dispensaire terminée, nous nous dirigeons vers le camp. C'est alors que je croise le regard de la petite fille à la robe orange. Devant moi, Stéphanie et le directeur de l'ONG pour le Bangladesh discutent dans leur jargon. Je ne cherche pas à les rattraper. Chaque pas apporte son lot de découvertes. Je n'avance donc pas très vite. Je règle mon rythme sur celui de la petite fille, dont les yeux ne me quittent plus. Je ne parle pas sa langue – le chittagonien, dérivé du bengali –, et pourtant nous nous apprivoisons du regard.

En un éclair, mes fondamentaux de Parisienne sont pulvérisés. Depuis ce voyage, j'essaie d'employer avec parcimonie le verbe « se plaindre » à la première personne du singulier.

Se sentir aussi petite qu'une fillette rohingya

C'est ma première visite d'un camp de réfugiés, dans l'un des pays les plus pauvres du monde. Je me sens aussi petite que frustrée et aussi bouleversée qu'impuissante face à l'histoire de la communauté dont est issue cette petite fille, celle des Rohingyas. Derrière ses yeux souriants se cache un passé douloureux dont je n'avais qu'une idée abstraite avant d'arriver à Cox's Bazar.

Selon les Nations-Unies, l'ethnie des Rohingyas est l'une des plus persécutées au monde. Elle présente la tragique particularité d'être composée en grande majorité d'apatrides. Jusqu'alors, le mot « apatridie » était absent de mon vocabulaire. Je ne comprenais pas le sens de cette singulière et bien triste condition. Naître sur terre sans appartenir à aucune patrie, et donc ne pas posséder de carte d'identité, c'était de l'ordre de l'impensable. Naïveté ? Non, c'est plutôt que je refuse de voir cette injustice humaine, absurde, comme une évidence. Ils sont des millions à travers le monde à connaître cette injustice et à en subir les conséquences, pour certains depuis des décennies. Tout ce qu'ils demandent, c'est de pouvoir jouir d'une citoyenneté afin d'accéder à une existence digne de ce nom.

Ils sont plus de 30 000 Rohingyas parqués dans ce camp, plus de 600 000 au total au Bangladesh, et plus d'un million assignés dans des camps de l'autre côté de la frontière, en Birmanie. Selon le Haut-Commissariat des Nations-Unies pour les réfugiés (HCR), les Rohingyas constitueraient la plus importante population d'apatrides au monde. Sans aucun droit depuis plus de trente-six ans, ils survivent grâce aux soins dispensés par quelques ONG et agences de l'ONU. C'est bien simple : quand on est apatride, on n'a droit à rien. Concrètement, cela signifie que les Rohingyas de l'État de Rakhine – un État situé sur la côte occidentale de la Birmanie – ont un accès extrêmement limité à l'éducation, aux soins médicaux, mais aussi au mariage, à l'enregistrement des naissances, et surtout à la liberté de mouvement et aux moyens de subsistance.

Cette minorité musulmane est persécutée par une armée bouddhiste. Des musulmans persécutés par des bouddhistes, pour une partie de l'opinion publique, c'est presque inimaginable. Les Rohingyas affirment que leurs ancêtres vivaient en Birmanie dès le VIIIe siècle, dans le nord de l'État de Rakhine (alors appelé État de l'Arakan). Certains historiens attestent leur présence à partir du XVe siècle. Le rejet racial dont ils font l'objet date de la colonisation britannique, au XIXe siècle, mais il a commencé à prendre des proportions inconsidérées pendant la Seconde Guerre mondiale. À l'époque, on se servait des Rohingyas comme soldats appelés «Force V» contre les Nippons. Les Japonais, eux, se servaient des Birmans bouddhistes comme milices.

L'arrivée au pouvoir de la junte militaire en 1962 n'a fait qu'accentuer ces discriminations, qui s'étaient pourtant apaisées après la proclamation de l'indépendance de la Birmanie en 1948, le gouvernement démocratique du pays ayant reconnu les Rohingyas comme citoyens. À ce stade, la mémoire collective des Rohingyas et celle des Rakhines se contredisent. Les Rohingyas affirment qu'ils avaient la nationalité birmane jusqu'à ce que la loi de nationalité soit modifiée en 1982; les Rakhines soutiennent qu'ils ne l'ont jamais eue. Quoi qu'il en soit, ces millions d'âmes «de nulle part» ont vu leur vie se transformer en un cloaque misérable et boueux.

Et il n'y a pas que l'armée qui s'en prend aux Rohingyas: un moine bouddhiste propage des messages racistes et haineux à leur encontre. Ashin Wirathu, surnommé le «Ben Laden bouddhiste», fait vivre cette puissante propagande xénophobe au sein de son mouvement nationaliste anti-islamique 969, fondé en 1999. Il parle à leur sujet d'«espèce» et de «race»[1]. De quoi faire sourciller Sa Sainteté le Dalaï-lama, qui n'a, quant à lui, que des mots fraternels à l'égard de ces indésirés.

Ces propos racistes ont attiré l'attention d'un autre moine bouddhiste, un vrai celui-ci, Matthieu Ricard. En avril 2016, il écrivait sur son blog: «Il faut le dire et le redire haut et fort, les persécutions dramatiques de villages musulmans en Birmanie (Myanmar) perpétrées à l'instigation de moines bouddhistes sont totalement inexcusables. En vérité il s'agit plus exactement d'ex-moines, car à partir du moment où l'on tue quelqu'un, où l'on incite une tierce personne à tuer quelqu'un et que l'on se réjouit de sa mort, on perd immédiatement les vœux monastiques. Le Dalaï-lama l'a affirmé maintes fois avec fermeté: "Il n'y a aucune justification, au sein du bouddhisme, pour utiliser la violence afin d'atteindre quelque but que ce soit." […] Pour le bouddhisme, il n'y a pas de différence entre le fait de tuer en temps de paix et en temps de guerre. […] Que l'on soit croyant ou non, la première tâche que nous devons accomplir est de devenir un meilleur être humain. Cela passe par la bonté, non par la haine[2].»

---

1. Le documentaire de Barbet Schroeder *Le Vénérable W.* (2016) dévoile le visage haineux de ce «moine» obstinément intolérant.
2. On peut lire l'intégralité de sa chronique ici: http://www.matthieuricard.org/blog/posts/une-conduite-inhumaine-et-inexcusable-les-ex-moines-birmans-qui-persecutent-les-musulmans-rohingas

En décembre 2016, des Prix Nobel de la paix comme Malala Yousafzai, Muhammad Yunus ou Desmond Tutu ont interpellé le Conseil de sécurité de l'ONU pour mettre fin à cette situation désastreuse. Un an plus tard, la communauté internationale tout entière s'est levée pour protester contre le déplacement de plus de 600 000 Rohingyas. Même l'acteur français Omar Sy s'est rendu sur le terrain pour lancer un appel de solidarité d'extrême urgence.

Pas de bras, pas de chocolat – ou pas d'identité, pas de citoyenneté

Sans papiers, donc privés du droit de voter, d'ouvrir un compte en banque, de se marier, de s'inscrire à l'école, de travailler ou même d'obtenir un certificat de décès : ainsi vivent au minimum 10 millions de « sans-pays » dans le monde, selon le HCR.

Mais où se « cachent » ces millions de personnes dont on ne parle jamais ? En Afrique, la population la plus importante d'apatrides se trouve en Côte d'Ivoire, où ils seraient près de 700 000. En République dominicaine, ils sont plus de 200 000 ; en Thaïlande, plus de 500 000. Plus près de chez nous, ils sont près de 12 000 en Allemagne et 113 000 en Russie.

Après le « combien », vous vous posez sans doute légitimement la question du « pourquoi ». Différents facteurs sont à l'origine du statut d'« âme invisible » : décolonisation, effondrement de l'Union soviétique, perte du certificat de naissance, défaut de déclaration, notamment en période de conflit armé... Le nomadisme fait également partie de ces causes : les enfants issus de tribus autochtones ou de groupes ethniques ne sont généralement pas enregistrés à la naissance.

Et puis il y a la discrimination liée au genre. Quelques vingt-six pays dans le monde, dont la Syrie, par exemple, ne permettent pas la transmission de la nationalité par la mère. Cela signifie que si le père est décédé entre-temps, ou s'il refuse de reconnaître l'enfant, la femme met au monde un « invisible » de plus. Le sang d'une femme qui a porté son enfant durant neuf mois ne serait pas suffisant, il faudrait une « garantie » plus masculine... #NoComment Après les maladies du cœur, voilà que le genre s'invite dans la transmission de l'identité. On ne s'ennuie jamais quand on creuse la parité des sexes !

Mandaté pour soutenir les réfugiés et les apatrides, le HCR a mis en place deux conventions, celle de 1954 et celle de 1961, engageant les pays à les protéger et à ne plus en « créer » sur leur territoire. Et maintenant, interro surprise : à votre avis, parmi les 197 États membres de l'Organisation des Nations-Unies, combien ont signé ces deux conventions ? Réponse : à peine quarante, dont l'Australie, la Norvège, la Suède ou encore l'Uruguay. Question piège : quel est le point commun entre les États-Unis, la Russie, l'Inde, la Chine ou encore la Birmanie ? C'est de n'en avoir signé aucune.

Notre beau pays, dans tout ça, n'a signé que celle de 1954, relative au statut des apatrides. Alors, que pensez-vous de pousser notre gouvernement à aller plus loin dans son engagement en ratifiant celle de 1961 ? Si nous nous unissons dans un but commun, tout est possible. D'autres soulèvent des montagnes ; nous pouvons bien, par l'action civique, faire signer un texte qui permet simplement de délivrer une identité.

Génocide, haine, pauvreté, discriminations, nettoyage ethnique… Je n'avais pas conscience d'un dixième de cette histoire lorsque j'ai croisé le regard de cet ange orange en ce matin de mai 2014, dans le camp de Cox's Bazar.

Je me trouvais à quelques kilomètres seulement d'Aung San Suu Kyi, cette icône de la paix que j'avais notamment découverte dans le film du brillant Luc Besson, *The Lady*. Quelques mois auparavant, ce film m'avait émue aux larmes tant le destin de cette femme est bouleversant. Aujourd'hui, mes larmes coulent lorsque je vois les images d'enfants, de femmes et d'hommes rohingyas qui tentent de fuir par bateau et se noient. Aujourd'hui, mon cœur se serre quand je vois les violences que l'armée birmane fait subir à ces exilés. Aujourd'hui, mon admiration pour cette femme, que l'on décore en raison de son combat en faveur de la démocratie, se fait amertume.

Cependant, la position de cette Nobel de la paix est complexe : la junte, malgré son autodissolution en 2011, reste omniprésente au sein du pouvoir. Bref, *The Lady 2* est prête pour notre cinéaste, avec, on l'espère, une fin apaisante et des perspectives d'avenir pour les Rohingyas.

Voilà les images qui m'ont accompagnée le jour où je me suis allongée pour passer un électrocardiogramme, une échographie. Le jour où mon cardiologue a cessé de sourire. Le jour où j'ai ressenti, plus que compris, que ma vie allait être transformée à jamais.

Si tout cela était un film, il s'appellerait *Le Jour d'après*. Ce jour nouveau avec la sensation éternelle de cette enfant dorénavant à mes côtés et ce nouvel ami, mon parapluie doré. Tous deux en moi pour la vie. Une vie qui ne sera plus jamais la même.

CHAPITRE IV
Un bébé éduqué à la pop music engagée

Quel est le point commun entre le premier vol de l'Airbus A320, le lancement de la chaîne M6 et la sortie de l'album *Bad* de Michael Jackson ? L'année 1987. Une année décisive également dans la vie de mes parents. Mariage, naissance de leur premier enfant, puis séparation : tout ça en moins de douze mois.

Il faut dire que je ne leur ai pas laissé beaucoup de temps : impatiente de pointer le bout de mon nez dans ce monde, j'ai été conçue dès leurs premiers câlins. Ma mère n'avait que vingt ans ; mon père, treize ans de plus. Mon arrivée dans leur vie fut quelque peu tumultueuse, pour ne pas dire rock'n'roll. La venue d'un enfant chamboule toujours la vie d'un couple ; pour peu que celui-ci ne soit pas encore bâti sur des bases solides, comme celui de mes parents, il y a de fortes chances pour qu'il explose en vol dans les premiers mois suivant la naissance. Et les premiers à trinquer, ce sont les enfants.

Très vite, j'ai connu deux maisons aux ambiances très différentes. Apparemment, lors de cette « incarnation » – pour ceux qui y croient, comme moi –, je n'avais pas misé sur un cocon familial chaleureux, doux et confortable. Mais, après tout, ce cocon familial parfait existe-t-il? Certes, il y a des débuts d'existence plus faciles que d'autres, mais qui ne porte pas les stigmates de son enfance? On n'a pas encore inventé la gomme magique permettant d'effacer les souffrances – ça se saurait. J'ai donc décidé de faire avec.

Aujourd'hui, âgée de 30 ans, je peux dire que je n'ai pas effacé les conséquences de mes premières années, mais que je les ai transformées en quelque chose de positif. Les domaines qui sont au cœur de ma nouvelle vie et au sein desquels je milite sont apparus dans mon univers dès l'âge de 3 ans. Ballottée très jeune à droite, à gauche, avec des dodos sans doudous chez les mamies, la nourrice ou dans l'une de mes deux maisons « officielles », je n'avais guère de possibilité d'ancrer des repères. Alors, je m'en suis construit un rien qu'à moi, 100 % fait maison, qui me suivait partout.

Je me suis choisi le plus cool des baby-sitters au monde, un Américain talentueux et grandiose aux yeux de la petite Bellifontaine que je suis. Je lui faisais partager autant mes joies que mes peines. Quand j'étais triste, il avait toujours les mots justes pour me consoler. Ses paroles avaient un tel pouvoir sur moi que je lui demandais de me les répéter en boucle, à fond dans mes oreilles.

C'est seulement lors de ma première séance de psychanalyse, à l'âge de 23 ans, que j'ai pris conscience de la puissance de ce réflexe de survie. Ce que je demandais à mon baby-sitter, c'était de me dire « *You are not alone* » – « Tu n'es pas seule » –, non pas en me le susurrant, mais en me le hurlant dans les oreilles. Aujourd'hui encore, bien qu'il ne soit plus de ce monde, il continue de le faire. C'est grâce à ces heures passées « ensemble » que j'ai réussi à me trouver, des années plus tard. En plus d'avoir donné du sens à ma vie à cette époque, il a contribué à me réparer vingt ans après. Il a été ma source d'inspiration pour élaborer mon projet humanitaire, car, à 26 ans, rien ne me prédisposait à m'intéresser à un univers qui m'était alors totalement inconnu.

Cette figure inspirante, je l'ai rencontrée dans la maison de mon père. Les week-ends où je le voyais, en plus des vrais concerts d'Elton John, de Tina Turner ou de Rod Stewart où il m'emmenait, j'avais droit à des sortes de concerts privés dans son appartement de papa fraîchement célibataire. Mes oreilles s'en souviennent encore, tant les murs vibraient. Mon père était tellement pris par le rythme de ses morceaux favoris que, lorsqu'il mettait sa musique à fond, j'avais l'impression que les artistes étaient avec nous, qu'ils jouaient dans le salon.

Parmi tous ces artistes, majoritairement anglais ou américains, Michael n'a pas seulement fait vibrer mes tympans, mais aussi mon cœur de petite fille. Il a été mon premier professeur. Un instituteur qui sait transmettre des messages forts sur la beauté et la fragilité du monde. J'étais haute comme trois pommes bio, et les mots « vulnérable », « injustice » ou « cupidité » ne faisaient pas encore partie de mon vocabulaire. Mais comme il avait la particularité de les hurler dans certaines de ses chansons, je comprenais bien quand il n'était pas content.

À la télé, je voyais des enfants la peau sur les os, marchant dans des rues sales vêtus de guenilles ou recouverts de bandages sur des lits d'hôpitaux, le tout dans une atmosphère de conflit. D'instinct, j'ai compris que cet homme défendait les pauvres et les victimes, puisqu'il dénonçait les méchants. Il me montrait des choses bien différentes du monde féerique que me proposait Walt Disney. Quand je regardais un de ses clips, je n'allais pas jouer avec mes poupées après. Non. Je le regardais, je pleurais, puis je le regardais de nouveau. Ça pouvait durer des heures. Mes yeux, ma sensibilité étaient happés par cet instituteur malgré lui.

Le matin, chez mon père, assise dans mon fauteuil rose, j'avais pris le pli de siroter bien sagement mon biberon au chocolat devant la télé. C'est également grâce à mon père que j'ai découvert un autre « héros » de ma jeunesse : Babar, le roi des éléphants. J'alternais donc entre les dessins animés de Disney, ceux de mon éléphant préféré et les clips de mon professeur. C'est à 8 ans que j'ai découvert que la famille de Babar n'allait pas aussi bien qu'on me le faisait croire. Elle allait même très mal, puisque certains de ses congénères mouraient ! Dans un des clips de mon baby-sitter, ils tombaient comme des mouches, agonisant lentement sur le sol, ensanglantés, mutilés : des hommes leur avaient arraché leurs défenses. Bien naïve alors, j'ignorais l'existence du braconnage, du commerce de l'ivoire et de la voracité des hommes. D'ailleurs, je ne comprends toujours pas aujourd'hui comment notre humanité, dotée d'une si incroyable « intelligence », peut continuer ces massacres. Pour pouvoir jouir d'un bibelot en ivoire, l'homme décime une espèce entière jusqu'à la porter au bord de l'extinction… Réalisé en 2016 par Kief Davidson et Richard Ladkani, le documentaire *The Ivory Game* souligne notre responsabilité face à ce crime. Et, on ne le dira jamais assez, il en va de même pour des milliers d'espèces, dont les rhinocéros, les baleines, les pangolins, etc.

À cette époque, je n'avais bien sûr aucune idée de ce qu'est la biosphère, ni de la raison pour laquelle, en s'attaquant à une espèce animale, on s'attaque aussi à la survie de l'espèce humaine. Je voyais d'un côté la forêt luxuriante et verdoyante de Mowgli, ou encore la savane vivante de Simba dans *Le Roi Lion*, et, de l'autre, tout le contraire – des forêts rasées et brûlées, et des tribus pleurant la perte de leurs terres. Je n'avais pas encore conscience du fléau de la déforestation, ni du fait que la survie de peuples indigènes et d'espèces endémiques dépendait de ce poumon vert que nous étions en train de saccager.

C'est donc grâce à cet artiste que j'ai découvert pour la toute première fois la réalité du monde, loin d'être aussi « merveilleux » que celui qu'on voulait me faire gober en tant que gamine. Dans le monde que me révélait le roi de la pop, pas de châteaux féériques – à part Neverland, celui qu'il s'est construit, sans doute justement pour oublier cette réalité. Mitraillettes, chars de guerre, violences, famines, misère, pauvreté, injustices, mort… Autant d'incohérences sur lesquelles il voulait nous alerter – du moins, alerter les décideurs, pas vraiment les bébés en grenouillère !

Il y a la famille du sang, celle qu'on ne choisit pas, mais avec qui on apprend à vivre. Et puis il y a la famille du cœur, celle en qui on se reconnaît instantanément. Pour moi, ce fut le King of Pop, inventeur du Moonwalk. Je le soupçonne même d'avoir été le professeur de millions, voire de milliards d'autres personnes… Sacré Michael. #RIP #TonGénieNousManque

Derrière les clips que j'ai évoqué, vous aurez sans doute reconnu ceux des morceaux « Heal the World », « They Don't Care About Us » ou encore « Earth Song ». On notera, dans ce dernier cas, le talent de visionnaire dont il fait preuve en matière d'écologie, avec l'artiste Nick Brandt, réalisateur du clip. Vingt ans avant l'accord de Paris, ils dénonçaient déjà les atteintes à l'environnement et tentaient de nous faire changer nos comportements. Lors de la préparation de sa tournée « This is it », avant qu'il rejoigne le royaume des cieux, voilà ce qu'il disait dans la vidéo qui annonçait ce titre :

« Je respecte les secrets et la magie de la nature. Ça me rend furieuse quand je vois ce qu'il se passe. Quand les forêts de la taille d'un stade sont abattues en Amazonie. Ça me révolte. C'est ce qui m'inspire ces chansons. C'est pour dénoncer et créer une prise de conscience. J'adore la planète. J'aime les arbres et les couleurs changeantes des feuilles. J'adore. Et je respecte tout cet écosystème. » Revoyez-le et réécoutez les paroles : pollution de l'air, royaumes en poussière, baleines qui pleurent, forêts saccagées, tronçonneuses, bulldozers... Tout y est, à croire qu'il avait déjà écrit le rapport de la COP21 !

Un jour, à Paris, au lendemain de mes 28 ans, j'ai rencontré John Isaac, ancien photojournaliste pour les Nations-Unies et qui fut l'un des photographes de Michael Jackson, notamment lors de sa dernière tournée, « HiStory ». Cela ne vous étonnera sûrement pas si je vous confie qu'il fut la première personne au monde à me faire pleurer de joie. En plus d'être l'une des personnalités les plus belles et les plus sensibles que j'ai connues, non content de m'avoir raconté, les larmes aux yeux, qu'il avait dû enterrer une petite fille de quelques mois en Éthiopie – entre autres histoires tout aussi bouleversantes –, il m'a confirmé que je ne m'étais pas trompée sur mon baby-sitter. Sa sensibilité et sa générosité – quand il se rendait au chevet d'enfants malades avec des cadeaux à gogo entre deux tournages ou deux concerts – n'étaient pas une légende fabriquée pour faire pleurer dans les chaumières et vendre plus de disques.

Après notre première rencontre, pendant plus d'une demi-heure, je suis restée à pleurer de bonheur sur un banc, place des Vosges. Cette rencontre m'a non seulement confirmée ce que je ressentais depuis mon enfance mais m'a aussi mise sur ce chemin : rencontrer et interviewer des personnes comme John, passionnées, humbles, et généreuses... Voilà le programme de cette nouvelle vie !

Il y a des enfants qui ont un ami imaginaire, d'autres un professeur. Le mien a été réel, aussi bien dans ma vie que dans mes pensées. Seule notre rencontre physique est restée de l'ordre du rêve. Le temps a passé. Michael Jackson n'est plus de ce monde. Mais les discriminations qu'il dénonçait sont toujours aussi vives. Certaines sont identiques à ce qu'elles étaient, d'autres ont changé de visage. Le propre du diable est de savoir revêtir les atours que chaque époque lui offre.

Maintenant que je comprends mieux l'anglais, je peux suivre les enseignements de mon professeur à la lettre, à commencer par ceux délivrés dans ma berceuse, *Man in the Mirror* : « Si tu veux rendre le monde meilleur, jette un œil sur toi-même et change ! » Eh oui ! Peut-être que Pierre Rabhi ne le sait pas, mais la légende amérindienne qui fait partie de chacune de ses allocutions était déjà présente dans l'album *Bad* de 1987. Rabhi la raconte comme personne, au point que, en l'écoutant, on n'a qu'une envie, c'est de devenir soi-même un colibri. Dans une forêt où un incendie fait rage, un colibri s'active à faire des allers et retours entre la rivière et les flammes, sur lesquelles il déverse chaque fois quelques gouttes. Un tatou qui l'observe lui demande ce qu'il est en train de faire : le feu est bien trop vaste, il n'arrivera jamais à l'éteindre ainsi ! Et l'oiseau de lui répondre : « Je sais, mais je fais ma part. »

Michael Jackson ne disait pas autre chose : seul, on ne peut guérir les malheurs du monde ; à plusieurs, presque tout devient possible. Regarder les autres agir sans participer à l'action, c'est ce que je faisais avant, comme le tatou… jusqu'au jour où des ailes de colibri ont poussé sur mon dos et où j'ai pris mon envol, sans que l'atterrissage soit prévu au programme !

Vous voilà prévenus : une fois tombé dans la marmite où mijote la potion de l'engagement, il est impossible de faire marche arrière. La joie de se sentir vraiment utile au monde, de faire sa part, vous booste tellement au quotidien que déplacer des menhirs ou des chaînes de montagnes vous semble aussi facile qu'exécuter un Moonwalk. Enfin, presque…

J'ai choisi la voie qui parlait à mon cœur, celle du journalisme dit « de solutions », « d'impact », ou que je qualifie maintenant d'« inspirant ». Pour avancer dans la société, il nous faut du carburant durable, propre et social – un carburant inspirant qui nous offre des perspectives d'avenir, nous donnant envie de passer à l'action, de nous engager. Se lever chaque matin en étant mû exclusivement par l'actu polluée de faits négatifs ? Non, merci. Les médias traditionnels insistent suffisamment sur les informations angoissantes et sanglantes. J'ai envie de faire tout l'inverse. La pluie, ils savent en parler; je préfère m'occuper du beau temps. Quoi de mieux pour nous redonner espoir que de montrer la partie positive de notre humanité? Quoi de mieux pour nous inspirer que de mettre en valeur l'audace, les idées et la réussite d'autres citoyens?

C'est sur la base de cette réflexion que je suis partie à la rencontre d'un univers encore inconnu, celui des «*changemakers*», ces personnes qui agissent, créent, innovent, inventent, voire réinventent leur quotidien et notre monde. Désormais, je croise leur chemin chaque jour. Ce sont eux qui donnent du sens à chaque battement de mon palpitant. J'ai décidé de ne pas rentrer dans les cases que m'offraient Pôle emploi ou la société, mais de créer la mienne, celle qui me ressemble, pour ne plus aller à contre-courant de qui je suis.

Et vous, ça vous dit de faire pareil?

CHAPITRE V
Changemakers : les nouveaux conquérants d'un monde meilleur

Un nouveau départ

Mars 2015. J'ai arrêté les bêta-bloquants et le Kardegic depuis peu. Libérée des pénibles effets secondaires de ces médicaments, pourtant indispensables à ma convalescence, je commence à retrouver mon énergie de lionne. Vue de l'extérieur, je suis toujours la même : bouclée et pas coiffée, avec mes petites baskets aux pieds et mes mains manucurées. Mais j'ai vécu un tsunami intérieur et, après son passage, il faut que je trouve le moyen de renouer avec la prose des jours.

Redevenir la jolie-fille-qui-fait-de-la-télé ? Pas question. Mon cœur a besoin de vibrer, lui aussi, besoin qu'on l'écoute, qu'on fasse appel à lui. Il ne veut plus qu'on le laisse de côté, il veut une vie qui résonne avec lui, une vie utile, remplie de passion. Il veut donner du sens à ses battements, maintenant remis à neuf. J'ai devant moi un boulevard, une autoroute, une piste de décollage de possibilités. Encore faut-il savoir quoi mettre au bout.

Travailler sans prendre de plaisir, j'ai connu, mais c'est fini. Pointer dans une entreprise tous les jours à la même heure et attendre impatiemment le cours de gym de 19 h 30 ou l'apéro avec les copains ? Sans façon. La rafale de questions à laquelle me soumettent mes amis chaque fois qu'on se voit m'angoisse. Tu ne cherches pas un job, maintenant que tu es rétablie ? Comment tu vas payer ton loyer ? Etc. Je sais que je ne pourrai jamais retourner dans une rédaction où la quête de sens n'est pas une priorité. Mais par où commencer, alors ?

En phase avec mon siècle : je blogue !

Jusqu'au jour où Emmanuel V., un ami, me suggère une idée loufoque : faire un blog. Je me souviens de lui avoir rétorqué : « Un blog, mais pour quoi faire ? Qu'est-ce que j'ai d'intéressant à dire ? » À ce stade, je commençais à perdre confiance en moi, et mon compte en banque s'épuisait. La dépression n'était pas très loin. Mais Emmanuel ne m'a pas laissé le choix : dans la minute, j'ai acheté mon nom de domaine. Mon blog était sur la toile.

Soudain, j'ai compris que la solution était là, au bout de mes doigts. J'allais enfin pouvoir traiter des sujets qui m'intéressent et abandonner ces reportages de commande que l'on fait pour payer son loyer. J'allais pouvoir travailler tous les jours de la semaine avec plaisir et choisir mes tâches en toute liberté. J'avais tout à faire, tout à construire, tout à prouver.

D'emblée, j'ai eu pour objectif de gagner ma vie grâce à ce blog. L'idée était de me faire repérer par des professionnels par ce biais afin de me voir proposer un job en lien avec mon nouvel univers. Pourquoi grandir devrait-il nécessairement signifier renoncer à ses rêves d'enfance au profit de la morne grisaille du quotidien ?

Naissance d'une journaliste « optimiste »...

En ce qui concerne le contenu, j'ai opté pour la dynamique que je voulais insuffler à mon projet humanitaire (lequel est actuellement en pause[1]) : mettre en lumière le courage de ceux qu'on appelle les « bénéficiaires », des personnes dont on parle très peu.

Cela ne vous a évidemment pas échappé : les grands médias sont des experts lorsqu'il s'agit de relayer des informations « négatives ». Leur focus favorise largement le « *dark side* » de notre planète. Leur mot d'ordre semble être : « *May the citizens' dark side always be in our headlines* » (« Que le côté obscur des citoyens figure toujours dans nos gros titres »). Plus les infos sont sanglantes, violentes, désastreuses et tristes, plus elles sont matraquées. Chômage, assassinats, enlèvements, disparitions, avalanches mortelles, viols, pédophilie, harcèlement sexuel, incendies, séismes, explosions nucléaires, accidents

---

1. En mai 2015, j'ai proposé mon projet à l'un des directeurs de France 5, qui a depuis quitté la chaîne. Mais je compte bien tenter ma chance de nouveau avec une émission dans le même esprit.

pétroliers, naufrages, cyberattaques, épidémies, famines, pollutions, déforestation, corruption... Non pas que nous devions ignorer ces réalités, mais le problème est qu'elles nous assaillent dès le réveil et que notre cerveau s'en imprègne au quotidien.

Peut-être que, comme moi, vous en avez marre de vivre au rythme de l'horreur terroriste, par exemple, et préférez réorienter votre attention vers des choses qui vous enrichissent, vous inspirent, vous donnent envie d'aimer ce monde qui est le nôtre. Tout comme notre pote écolo Tarzan, qui lutte contre la déforestation, il ne nous reste plus qu'à dénicher, dans notre jungle connectée envahissante, la bonne branche porteuse d'espoir à laquelle nous raccrocher. Celle qui tient et retient, pas celle qui lâche et nous fait chuter dans le nihilisme et le désespoir.

Cette branche, je l'ai trouvée chez tous ceux qui croient en l'humanité et en son avenir, ceux qui agissent pour un monde meilleur, c'est-à-dire une société plus durable, moins consommatrice et moins individualiste. Parler de l'action de ces gens qui font bouger les lignes me semblait nécessaire, autant pour moi que pour les autres. Ils ne tuent personne, ne saccagent pas nos forêts, ne polluent pas nos océans : ce sont eux qui devraient faire l'ouverture des JT. Cela développerait davantage notre esprit solidaire.

Les Anglo-Saxons ont une très belle expression pour désigner ce type de journalisme constructif, qui ne se contente pas de déplorer l'état du monde, mais propose des alternatives : *impact journalism*, soit journalisme d'impact.

Tout comme mon professeur, il fallait que je mette ma touche personnelle dans mon message, que je me différencie. Je devais trouver quelque chose qui corresponde à celle que j'étais devenue : une Cyrielle plus éveillée, engagée, réparée, plus terre à terre, mais toujours avec ce grain de folie synonyme de « tout est possible ».

Un matin, je me suis réveillée avec cette idée : faire et faire faire aux personnes que j'interviewerai un cœur avec les mains. Le cœur symbolise le cadeau que j'ai reçu consécutivement à mon engagement humanitaire au Bangladesh. Le fait de dessiner ce symbole à deux, avec une personne engagée, prend tout son sens. Mon cœur a été « rebouché » entre les deux oreillettes par ce que j'appelle ce « bijou » de cœur, ce parapluie en métal. Et, ce faisant, il s'est ouvert au monde une nouvelle fois, pour de vrai. « *One more time, one straight time.* »

Le cœur, c'est la vie, le positif, l'amour, la solidarité, l'engagement pour un monde meilleur… tout ce qui caractérise les initiatives constructives, durables ou encore inclusives des *changemakers*. Chaque minute compte pour trouver des solutions, voire sauver des vies. Mon professeur les aurait tous fait monter sur scène pour chanter avec lui « Heal the World », et il aurait même écrit une suite avec eux : « I'm Thrilled, I Am a Changemaker ! »

... et green!

En septembre 2014, deux mois à peine après mon intervention, j'ai bravé la fatigue pour me rendre au Forum Mondial Convergences, une plateforme de réflexion destinée à établir des liens entre acteurs publics, privés et solidaires pour mieux lutter contre la pauvreté et la précarité dans le monde. J'y ai assisté à une conférence de Nicolas Hulot.

À l'époque, je ne comprenais rien à l'écologie. La première fois que j'avais entendu parler des conséquences du dérèglement climatique, c'était au Bangladesh, quand on m'avait expliqué que la montée des eaux menace plus de 50 millions de Bangladais. Je ne savais même pas comment l'eau faisait pour monter – j'avais juste de vagues idées sur la fonte des glaciers, guère plus. La notion de dilatation de l'eau sous l'effet du réchauffement climatique était à des années-lumière de mon cerveau.

Aujourd'hui, la montée des eaux m'est beaucoup plus familière, et autant vous dire qu'elle risque de l'être très prochainement pour des millions d'entre nous. Elle menace 136 métropoles côtières et grands deltas dans le monde, ainsi que des dizaines d'États insulaires. Dépêchez-vous d'aller visiter Dacca ou Amsterdam, sinon prévoyez des cuissardes imperméables ! À moins que, d'ici là, nous ayons abandonné notre voracité pour le profit et réduit nos émissions de gaz à effet de serre...

Par la suite, je suis allée écouter d'autres conférences de Nicolas Hulot, et puis de Jean Jouzel, de Pierre Rabhi, etc. Au début, je ne comprenais rien à leur charabia. Monsanto ? C'est qui, celui-là ? Agroécologie, méthane, dioxyde de carbone, gaz à effet de serre, fracturation hydraulique… ? Ouh là, pause ! Une avalanche de mots nouveaux déboulait dans mon cerveau. J'étais en train de prendre conscience que, en tant qu'habitante de la planète Terre, j'étais une potentielle victime de son dérèglement – mais aussi une potentielle responsable.

Certains d'entre nous voudraient aider, agir, mais ils manquent de confiance en eux. Ils pensent qu'ils n'ont pas fait les études nécessaires pour avoir une légitimité à s'exprimer sur le sort de notre planète. Si c'est votre cas, jetez ces faux complexes au feu ! Pour ma part, je n'étais pas, mais alors pas du tout une experte. Je débarquais avec zéro bagage. J'avais tout à apprendre. Je doutais de moi. Mais je me suis dit : je n'ai plus rien à perdre, alors allons-y. Et j'ai procédé méthodiquement.

J'ai passé de longues heures, seule chez moi, à découvrir le dessous des cartes de ce nouvel univers. J'ai regardé des documentaires et des conférences, décortiqué des rapports, écumé des forums de discussion jusqu'à plus soif. Et finalement, telle une tornade, la prise de conscience écologique a tout emporté sur son passage, balayant mes dernières craintes. Le déclic a été le constat de notre interdépendance : il y a une communauté de destin entre l'homme et son environnement. S'attaquer à la nature, c'est s'attaquer à la survie de l'espèce humaine. J'avais enfin compris à quoi ça servait d'être écolo!

Changemaker, oui, mais pour changer quoi ?

En novembre 2017, au moment même où la COP23 se tenait à Bonn, en Allemagne, on apprenait que le sol des régions de l'Arctique poursuit imperturbablement son dégel. Il faut savoir que l'augmentation de la température dans le Grand Nord est deux fois plus rapide que dans d'autres régions du monde. Or, son sol abrite une quantité impressionnante d'organismes, de bactéries et de virus accumulés pendant des milliers d'années et qui, avec le dégel, reviennent à la vie. C'est ainsi que, fin juillet 2016, dans la péninsule de Yamal, à 2 500 kilomètres au nord de Moscou, un enfant est mort et soixante-douze adultes ont été mystérieusement infectés par la maladie du charbon, supposée avoir disparu dans cette zone depuis… soixante-quinze ans! En cause, le dégel, à cause du réchauffement climatique, d'un renne mort dans le coin il y a des dizaines d'années[1].

Vous comprenez mieux pourquoi, en perturbant la machine climatique, c'est l'humanité même que nous mettons en danger d'extinction? Rappelons que, avec ses 4,5 milliards d'années d'existence, notre demeure collective remporte la Palme d'or de la longévité, voire de

---

1. Michel Alberganti, «The Waiting Dead: quand le permafrost se réveillera», Slate, 10 novembre 2017.

la sagesse. Mais on a tendance à croire que nous sommes au centre du monde, alors que c'est tout l'inverse. Nos ancêtres sont apparus il y a environ 7 millions d'années seulement. Une broutille à l'échelle du temps géologique. Si la jeunesse doit le respect aux anciens, ayons conscience que, sans notre planète, nous ne serions tout simplement pas là.

En un peu plus de deux ans, pour mon blog, j'ai rencontré une centaine de *changemakers*. Ces acteurs du changement sont des entrepreneurs sociaux, des fondateurs d'associations, de startup ou d'ONG, des directeurs d'institutions, etc. Tous incarnent la mutation et la renaissance de ce monde en lequel nous croyons. Tous veulent une société inclusive aux enjeux durables, comme l'homme d'État théorisé par le théologien du XIXe siècle James Freeman Clark : « Un homme politique pense aux prochaines élections, un homme d'État aux prochaines générations. »

« Fatalisme » est un mot qui n'existe pas dans le vocabulaire des *changemakers*. Ils ont tout simplement foi en l'humanité. Et j'aimerais qu'on comprenne une bonne fois pour toutes qu'il n'y a rien de niais à adhérer à cette foi à notre tour, à rebours de cette attitude de prétendue supériorité intellectuelle qui consiste à affirmer d'un air docte et entendu qu'après nous, le déluge, puisque nous allons tous nous éteindre un jour ou l'autre.

J'aimerais donc partager avec vous dans les pages qui suivent la vision optimiste et déterminée de ces hommes et femmes qui dédient leur quotidien à panser les blessures de notre humanité. Qui sait, peut-être que leur parcours vous inspirera à votre tour ? Je vous donne rendez-vous en fin d'ouvrage si vous voulez découvrir comment leur venir en aide et les contacter.

L'homme qui a créé une forêt de 550 hectares à lui tout seul

Ma rencontre avec Jadav Payeng est une de celles qui m'ont le plus profondément marquée. Originaire de l'État de l'Assam et surnommé « The Forest Man of India » (l'« Homme des forêts indiennes »), Jadav n'a pas déplacé de montagnes, mais créé une forêt, sans l'aide de Monsanto.

L'île de Majuli, jadis la plus grande île fluviale au monde, est victime d'une érosion qui a déjà englouti presque 60 % de ses terres. Dans les quinze prochaines années, elle pourrait disparaître sous les eaux du Brahmapoutre, faisant de ses 200 000 habitants des réfugiés climatiques.

Action, réaction. Après avoir longuement pleuré devant des bancs de sable désertiques jonchés de serpents séchés par un soleil trop brûlant, Jadav a eu une illumination. Son histoire pourrait commencer ainsi : « Il était une fois un Indien qui avait consacré sa vie à sauver son île natale de l'érosion. En plus de trente-six ans de travail acharné, il a donné naissance à une forêt gigantesque pour solidifier son sol fragile, en passe de disparaître sous les vagues du fleuve Brahmapoutre. Comment ? En commençant simplement avec ce qu'il avait à portée de main, c'est-à-dire les siennes... »

Dès l'âge de 16 ans, Jadav a commencé à planter des graines. Comme quand on aime, on ne compte pas, il a continué durant plus de trente-six ans. Et il a osé le faire sans aucune machine ni aucun pesticide. Ses graines sont devenues des plantes et des arbres, permettant à une forêt tropicale de plus de 550 hectares – presque deux fois la superficie de Central Park – de voir le jour. Et ce n'est pas tout : cette forêt verdoyante abrite des centaines d'espèces, dont certaines vulnérables, comme le tigre du Bengale, l'éléphant d'Asie ou encore le rhinocéros à une corne. Comme quoi, on peut se passer des géants de l'agrochimie pour accomplir l'impossible, voire l'insurmontable…

Dans la catégorie « exploits », ce militant écologiste va encore plus loin. Le fruit de ce travail extraordinaire n'aide pas seulement à lutter contre le changement climatique, mais aussi à protéger l'héritage culturel et artistique de la région. En effet, ce petit paradis flottant abrite une vingtaine de monastères dans lesquels vivent des moines atypiques. Car Majuli est le berceau d'un mouvement spirituel, le krishnaïsme. Les moines s'y adonnent au chant, à la danse, à la musique et même au théâtre sacré pour vénérer leur dieu, Vishnou. Hélas, ces derniers gardiens d'un des grands arts du spectacle traditionnel indien font partie des peuples en sursis dont l'avenir dépend de notre climat.

Armé d'une vision à long terme, d'une détermination infaillible et d'un moral d'acier, Jadav Payeng s'est lancé sur la Toile pour sensibiliser la planète à leur sort. Via le site qui porte son nom, il a lancé «Plant for Planet and Peace» (PPP), un programme de reforestation. Tous les volontaires sont les bienvenus. À vos graines, prêts, partez!

Jadav aurait pu choisir l'option fataliste et attentiste, continuer ses études et attendre bien sagement l'intervention d'une ONG ou d'une tierce institution pour sauver son île. Une fois les terres inondées, l'image d'un moine perché sur le toit de son monastère aurait peut-être réussi à attirer l'attention de la population indienne, voire de la communauté internationale. Mais cette option ne lui a même pas effleuré l'esprit. Il a pris le problème à bras-le-corps et a agi pour la survie de son île. C'est ça, être un «*maker*», une personne en action!

Un prêtre missionnaire qui soutient des milliers de Malgaches

Prenons maintenant la direction d'une autre île qui vous est peut-être plus familière, car c'est une ancienne colonie française: Madagascar. Dans sa capitale vit un autre *changemaker*, plus grand et plus barbu, le père Pedro Opeka.

Ma rencontre avec celui que je surnomme aujourd'hui «Grand Frère» et qui m'appelle «Petite Sœur» m'a énormément touchée. Son engagement envers le peuple malgache représente non seulement son quotidien, mais l'essence même de son existence depuis son arrivée sur l'île, à la fin des années 1980. Lorsque vous lui posez des questions sur l'action de son association, les mots «amour», «paix» et «solidarité» parsèment toutes ses réponses. Son regard perçant et doux, son sourire généreux et bienveillant et sa détermination à venir en aide à cette population vous captivent instantanément. En une fraction de seconde, il a le pouvoir de vous emmener avec lui au cœur de son association humanitaire, qui fait vivre des milliers de Malgaches.

Ce religieux n'a pas construit une forêt, mais une «ville», Akamasoa, où des centaines de milliers de Malgaches se voient offrir une seconde chance, celle de retrouver une dignité citoyenne et un rôle dans la société. Madagascar est l'un des pays les plus pauvres au monde, et aussi l'une des premières victimes du dérèglement climatique. Près de 90 % de sa population vit avec moins de 2 dollars par jour. Un enfant de moins de cinq ans sur deux souffre de malnutrition chronique, et des milliers d'entre eux n'ont pas accès à l'éducation.

Comment le père Pedro s'y est-il pris? Il a voulu responsabiliser et rendre autonomes ces citoyens par l'éducation. Avec les pauvres d'Antananarivo qui vivaient dans la décharge d'Andralanitra et dans les rues de la capitale, il a construit des logements, des écoles, mais aussi des dispensaires médicaux afin de faciliter leur réintégration sociale et, plus encore, leur réhabilitation en tant qu'êtres humains. Akamasoa s'est plus que transformée, elle a carrément muté. Depuis les premières constructions en bois édifiées en 1989, que de chemin parcouru! Aujourd'hui, ce sont des milliers de briques qui servent de piliers à plus de 25 000 habitants.

Ces familles ont non seulement un toit, mais aussi un travail – de l'agriculture à l'artisanat ou à la menuiserie –, et des milliers d'enfants peuvent maintenant accéder à l'éducation, de la crèche à l'université. La banlieue de la capitale est devenue un véritable quartier où la solidarité est à l'honneur. Le sport rythme le quotidien de tous ces habitants, y compris celui du père Pedro. Car celui-ci, âgé de bientôt 70 ans, est sans doute l'un des curés les plus sportifs d'Afrique : il adore jouer au football entre deux messes !

Rien ne prédestinait ce fils de maçon né à Buenos Aires, en Argentine, à porter secours à une population vivant à des milliers de kilomètres de son pays natal. Dès l'âge de 9 ans, il apprend la maçonnerie en travaillant avec son père. Sa voie est alors toute tracée. Mais, quelques années plus tard, en se baladant dans la cordillère des Andes, il rencontre des indiens Mapuches et commence à les aider à bâtir des logements dignes de ce nom. De retour dans la capitale, il découvre l'Évangile, et là, c'est l'éveil. Quelques pages ont suffi à changer sa vie. Au lieu de continuer ses études ou de prendre la relève de son père, il décide de s'engager dans l'Église. En 1975, il est ordonné prêtre.

La suite, vous la connaissez…

Une femme qui transforme des bateaux en hôpitaux

Le Bangladesh est, on l'a dit, l'un des pays les plus pauvres au monde, avec une densité de population qui compte parmi les plus élevées : plus du double de la population française vit sur un territoire grand comme un quart de l'Hexagone. D'ailleurs, l'une des premières choses que j'ai remarquée en arrivant à Dacca, c'est que le silence n'y existe pas. En outre, le pays est frappé par la malnutrition (un tiers de sa population vit sous le seuil de pauvreté) et par les catastrophes naturelles.

Cela n'a pas empêché Runa Khan, une femme bangladaise solaire et coquette, de changer la vie de milliers de ses concitoyens. Son destin a connu un tournant le jour où elle a rencontré son second mari, Yves, fraîchement débarqué au Bangladesh après un périple de plus de trois mois à bord de sa péniche. L'amour est une grâce ; il peut soudain nous donner envie de diffuser autour de nous un peu de cette joie qui nous a frappé le cœur.

Runa et Yves tombent éperdument amoureux l'un de l'autre et se marient. Runa vient d'une famille riche. Avec l'aide de son mari et de son père, elle décide de transformer la péniche d'Yves en hôpital flottant. C'est chose faite en 2002. L'ONG Friendship se fait fort de proposer des soins de qualité aux plus démunis et aux plus marginalisés, notamment les populations qui vivent sur les îles alluvionnaires (aussi appelées « *chars* ») du Brahmapoutre – le fameux fleuve de Jadav.

À l'époque où Runa se lance dans ce défi fou, plusieurs millions de Bangladais vivent dans cette région coupée de tout accès aux services de base comme la santé ou l'éducation. En effet, la grande majorité des ONG se concentrent à Dacca ; aucune ne porte secours aux habitants des *chars*.

Désormais, ce sont plus de 250 000 personnes qui bénéficient de soins médicaux tous les mois. En plus de compter une dizaine de bureaux locaux et d'employer près de mille personnes, l'ONG s'est également déployée en Europe, notamment au Luxembourg, en Allemagne et en France, afin de bénéficier de relais puissants pour soutenir les projets développés au Bangladesh. Elle compte aujourd'hui trois bateaux-hôpital, dont l'ancien navire de Greenpeace, le *Rainbow Warrior II*. Ce guerrier des mers, rebaptisé *Rongdhonu*, soit «Arc-en-ciel» en bengali, flotte dorénavant pour protéger non plus la santé des océans, mais celle de milliers de Bangladais.

Friendship a également mis en place des programmes de prévention des catastrophes naturelles. Et, comme l'épanouissement et le développement de tout citoyen passent par l'éducation, un autre programme sur la bonne gouvernance vient s'ajouter à la longue liste des actions de cette ONG.

Runa Khan est ainsi en train de vivre une sorte de troisième vie. Rien ne prédestinait cette Bangladaise pleine d'énergie, descendante d'une des plus vieilles familles aristocratiques du pays, éduquée, préservée de la pauvreté frappant ses concitoyens, à devenir une actrice mondialement reconnue de l'humanitaire. Si elle n'avait pas eu le courage de franchir la case «divorce» après avoir été mariée, de manière très arrangée, à l'un de ses cousins, sa destinée aurait pris une tout autre tournure. Peut-être vivrait-elle aujourd'hui, comme des millions d'autres femmes dans le monde, une vie sans but et dénuée de sens, sans passion et sans véritable amour ?

Que l'on soit en Inde, à Madagascar ou au Bangladesh, créer une forêt, une ville ou des hôpitaux flottants devient possible, sans prise de champignon magique, rien qu'avec ses deux mains et une volonté farouche de construire une société qui ne laisse personne sur le bord du chemin. Quand le cœur s'ouvre et se met en mode « empathie », beaucoup de choses deviennent réalisables.

Au vu des infos qui tournent en boucle sur nos écrans, vous pensiez vivre en enfer ? Changez de lunettes ! Comme le dit Michel Serres, « nous vivons dans un paradis » dont nous détenons les clés. Il ne tient qu'à nous d'y contribuer.

CHAPITRE VI
Trouvez la voie qui vous inspire !

Comment agir ? Nous n'avons pas tous les mêmes priorités ni les mêmes centres d'intérêt. Certains d'entre nous se sentent proches de la forêt, d'autres ont le cœur qui vibre quand ils sont en contact avec l'océan, pour d'autres encore c'est la solidarité qui prime.

Voici donc, classés par thématique, quelques-uns de mes coups de cœur inspirants, qui pourraient vous donner des idées…

Coups de cœur maritimes : en mer, il y a de quoi faire !

Allez, pour commencer, je vous emmène en mer. Les océans couvrent plus de 360 millions de kilomètres carrés, soit 71 % de la surface de notre globe. Ils constituent le principal régulateur climatique de notre planète.

Quand ils absorbent trop de dioxyde de carbone, un enchaînement de catastrophes en résulte à court, moyen et long terme, aussi bien sur terre que dans les mers. Et tous les êtres vivants en prennent pour leur grade.

Une étude internationale édifiante, publiée en 2014 dans la revue *Plus One*, nous révèle un océan à mille lieues de l'étendue d'eau cristalline que l'on voit sur les cartes postales. La réalité a un goût amer, voire un goût... de plastique. Car ce sont 269 000 tonnes de déchets qui naviguent au gré du vent à la surface des océans. Saviez-vous qu'il existe même un septième continent ? Eh oui ! Au large du Pacifique Nord, entre l'archipel d'Hawaï et le Japon, flotte une gigantesque étendue de déchets, d'une superficie estimée à six fois celle de la France. C'est un océanographe américain, Charles J. Moore, qui en a découvert l'existence en 1997. Elle est invisible sur les images satellite, car située juste au-dessous de la surface de l'eau.

Au risque de vous donner la nausée, sachez qu'il existe aussi dans le Pacifique Sud, l'Atlantique Nord et Sud et l'océan Indien, ainsi que, ponctuellement, en Méditerranée, des tourbillons appelés «gyres» : ce sont des tourbillons océaniques qui accumulent des déchets plastique. Et devinez quoi ? 80 % des détritus qu'ils charrient seraient acheminés depuis les terres par le vent ou les cours d'eau. Je vous laisse deviner qui les a jetés sans se soucier de leur devenir... Nous avons réussi à transformer notre poumon bleu en une gigantesque soupe de plastique. Qui en veut ? Personne !

Pourtant, mammifères, poissons et même hommes en consomment malgré eux…

Heureusement, avec les innovations technologiques, des solutions se développent pour assainir nos eaux. Grâce à elles et à tous les *changemakers* au pied marin, il est possible d'agir ensemble dans ce sens.

Quand le plastique se transforme en skateboard et en lunettes de soleil

Je ne les ai pas rencontrés personnellement, mais je trouve leur initiative tellement originale et créative que je ne résiste pas au plaisir de vous en parler.

Si vous vous rendez prochainement au Chili, sachez que le skateboard « durable » est à la mode. Pour lutter contre la pollution plastique des océans, qui empoisonne la biodiversité marine, trois amis passionnés de surf y ont créé leur start-up. En 2013, ils ont lancé les skateboards Bureo, transformant les filets de pêche à la dérive en produits durables et plutôt cool. On estime que ces filets représentent 10 % de la pollution plastique de nos océans. Le programme « Net positiva » (« Filet positif ») consiste à les recycler pour en faire des skateboards et des montures de lunettes de soleil.

C'est une solution vertueuse pour tout le monde. Pour les pêcheurs chiliens, qui ne savaient que faire de leurs anciens matériels. Pour nos mammifères et poissons, qui en avaient marre d'avaler du plastique jusqu'à en mourir ou de rester coincés dedans. Pour nous, qui pouvons désormais acheter des produits fabriqués dans des matériaux originaux et intégrer l'idée que le changement de comportement est dorénavant à portée de nos pieds. Voire sur le bout de notre nez.

Simple, durable et utile : une vraie idée de *changemaker*.

Du bateau clean au bateau ramasseur de déchets

C'était un bateau de course, Jérôme Delafosse et Victorien Erussard en ont fait le premier navire fonctionnant à l'énergie « propre » et autonome. Je les ai rencontrés juste avant qu'ils embarquent à bord de leur Energy Observer pour une tournée mondiale de six ans ponctuée de 101 escales. Leur but, m'ont-ils dit, est de naviguer au gré du vent, mais aussi en se propulsant à l'hydrogène et aux énergies renouvelables, grâce à des panneaux solaires ou à des éoliennes.

En 2021, vous risquez d'être tout autant surpris par le *Manta* de l'association The Sea Cleaners. Yvan Bourgnon avait tout juste 8 ans quand il a fait son premier tour du monde avec ses parents. Très vite, m'a-t-il raconté, il a compris, comme une évidence, qu'il vivrait de sa passion, la navigation. C'est un aventurier de l'extrême, un baroudeur capable de traverser, les doigts gelés, 7 500 kilomètres d'eaux glacées entre le Pacifique et l'Atlantique, au cœur du cercle polaire arctique, empruntant une voie maritime où personne avant lui n'avait pris le risque de s'aventurer en solitaire sur un voilier non habitable. Accro aux challenges, il a perdu son frère, Laurent Bourgnon, navigateur lui aussi, lors d'une plongée en juin 2015.

Père d'un petit garçon, il semble aujourd'hui avoir envie de se lancer dans un nouveau type de projets. Son idée, avec The Sea Cleaners, est de ramasser non seulement les morceaux de filets dérivants, mais l'ensemble des macrodéchets du septième continent – ces déchets qui finissent dans l'estomac de mammifères ou de poissons, voire dans notre assiette.

On estime que plus de 300 kg de déchets sont déversés chaque seconde dans l'océan. Mais, comme l'optimisme l'emporte toujours chez les acteurs du changement, Yvan Bourgnon est bien déterminé à récupérer lors de chaque campagne environ 600 mètres cubes de plastique. Son *Manta* aura la particularité de naviguer grâce à des panneaux solaires, aux voiles de ses deux mâts, ainsi qu'à l'aide d'une aile de kitesurf qui favorisera sa propulsion.

Ce projet d'envergure a notamment vu le jour grâce à vous : en effet, leur campagne de financement participatif a explosé, récoltant plus de 150 000 euros en un mois. Comme quoi, en un clic, tout devient possible. *Yes, we can!*

Coups de cœur forestiers : lutter contre la déforestation illégale

À présent, hop ! On retourne sur la terre ferme, et plus précisément en forêt, où, avec l'équivalent de trois terrains de football déforestés par minute en Amazonie, des idées durables semblent être plus que nécessaires.

Les arbres ont de multiples vertus. Non seulement ils produisent notre oxygène, mais ils constituent des puits de carbone et un lieu de vie pour la faune. Ils permettent d'assainir l'eau, de protéger les terres contre l'érosion – Jadav l'a montré – et de subvenir aux besoins des peuples indigènes. En bref, loin d'être un simple support de balançoires, ils représentent *la vie*.

La militante écologiste Wangari Maathai disait: «Quand on plante un arbre, on change le monde.» Cette Kenyane visionnaire, première femme africaine à avoir reçu le prix Nobel de la paix pour son engagement en faveur de l'environnement, avait vu juste il y a quarante ans. En 1977, alors que le mot *changemaker* n'était pas encore en vogue, elle en était déjà une avec son Mouvement de la ceinture verte (Green Belt Movement). En l'espace de quinze ans, plus de 40 millions d'arbres ont été plantés sur le continent africain.

En 2017, le chemin est encore long si l'on en croit toutes les avanies que subissent les forêts du monde: trafic de bois, déforestation liée à l'élevage bovin, à la culture du palmier à huile, aux exploitations minières, etc. Et pourtant, les acteurs du changement ne baissent pas les bras – ou alors, seulement pour planter des graines de vie…

Faire parler les arbres ou les planter

Chez les *changemakers* des forêts, il y en a qui tentent de prévenir avant de guérir, notamment en essayant de faire «parler» les arbres avant qu'ils ne soient coupés.

Il a tout juste 32 ans, mais j'ai la nette impression que Topher White a déjà eu plusieurs vies. Après être passé par la physique et l'ingénierie, il a travaillé comme chef de projet Web, puis a lancé une plateforme mobile, Enthuse. C'est alors que le virus de l'écologie le prend. Il réalise des reportages pour National Geographic et fonde une ONG, Rainforest Connection. Afin d'éviter davantage d'abattage, il a l'idée d'installer des capteurs sur les troncs. Objectif ? Alerter les gardes forestiers de l'arrivée de tronçonneuses non désirées.

Avec Rainforest Connection, la protection de l'environnement ne s'arrête pas aux forêts, puisque ce concept novateur utilise des téléphones portables recyclés, selon les codes de l'économie circulaire. Chaque année, les Américains jetteraient plus de 100 millions de téléphones portables. Quant à nous, Français, nous en aurions autant dans nos tiroirs… Pour permettre aux capteurs cachés sous les feuillages de fonctionner, on recourt au réseau téléphonique déjà présent et à l'électricité de panneaux solaires déjà intégrés. Une fois l'application téléchargée sur leur smartphone, les gardes forestiers n'ont plus qu'à attendre une alerte pour géolocaliser le massacre en cours et tenter de dissuader les responsables.

Les forêts brésiliennes, camerounaises et équatoriennes ont déjà testé l'idée ingénieuse de cet entrepreneur, qui compte bien déployer son concept dans d'autres pays, comme la Bolivie ou le Congo RDC.

Et puis il y a d'autres *changemakers* forestiers qui, comme Wangari, plantent des arbres. C'est le cas du français Tristan Lecomte par l'intermédiaire de Pur Projet, spécialiste de l'*insetting* par l'agroforesterie, c'est-à-dire la compensation carbone intégrée aux filières des entreprises. Pur Projet accompagne les entreprises pour régénérer les écosystèmes aux quatre coins du monde en faisant travailler les petits agriculteurs, les communautés et les coopératives locales. Quand je l'ai revu dernièrement, en fin d'année 2017, il avait planté 8 millions d'arbres avec Pur Projet. Fier ? Non, car il me rappelle que 10 millions d'arbres sont coupés chaque jour, donc il n'a pas de quoi être fier me dit-il. Sacré Tristan.

Des mouchoirs qui plantent des arbres

Toujours pas trouvé le projet que vous pourriez soutenir ? En panne d'inspiration ? Qu'à cela ne tienne, on continue dans les présentations des âmes entrepreneuriales solidaires.

Partons au Québec, où Marion Poirier et Thomas Geissmann ont décidé de planter des arbres avec des mouchoirs. En élevant leur premier enfant, ils se sont rendus compte de la quantité de mouchoirs en papier qu'ils jetaient. De fait, nous consommons chaque année plus de 3 milliards de kilos de mouchoirs, soit l'équivalent de 70 millions d'arbres coupés.

Un jour, en rendant visite à «Tonton Robert», l'oncle nonagénaire de Thomas, ils l'ont vu fouiller à grand peine dans ses coffres pour en sortir des mouchoirs pliés et brodés de ses initiales qu'il comptait leur léguer. Bouleversés par ce geste, Marion et Thomas se sont mis à cogiter et ont donné naissance à Tshu (prononcer «Tchou», comme dans «Atchoum!»). Via un partenariat avec une fondation environnementale, ils ont décidé de réduire leur empreinte carbone en utilisant un accessoire du quotidien. Depuis 2014, la star-tup commercialise des mouchoirs en coton bio aux motifs funky et plante un arbre en Éthiopie dès qu'un Tshu est adopté par votre petit nez. Simple, efficace et utile au-delà de la période du rhume!

Des arbres virtuels qui se plantent dans la nature

L'art nourrit l'esprit et le cœur, et permet même de planter des arbres, à en croire l'artiste belgo-tunisienne Naziha Mestaoui. One Heart One Tree («Un cœur, un arbre») a même donné du travail à Jadav depuis Paris grâce à une simple application mobile. Décidément, notre interdépendance est une vraie force.

N'ayant pas encore pu fouler le sol de l'île de Majuli, j'ai confié à Jadav mon Heart Tree à planter, parmi des centaines d'autres. Comment ça marche? C'est très simple. En achetant un arbre virtuel, vous faites en sorte qu'il soit planté en fonction des saisons dans une région du monde que le planteur a préalablement choisie. Chaque arbre planté aura le grand privilège de ne pas être coupé, et tout cela pour le bénéfice des populations locales.

L'opération One Heart One Tree invite ainsi toute personne détentrice d'un smartphone à «planter une graine de lumière» (entre 3 et 10 euros la graine, selon les espèces). En 2015, à l'occasion de la COP21, nos arbres virtuels ont pris vie en étant projetés sur la tour Eiffel, avant d'être plantés dans la réalité. Plus de 100 000 arbres ont déjà été plantés à travers le monde, en collaboration avec des programmes de reforestation. Et Naziha a désormais un projet analogue en Asie.

Un moteur de recherche planteur d'arbres

Rendons-nous maintenant en Allemagne à la rencontre d'un authentique militant écolo, Christian Kroll, qui a mis au point un moteur de recherche planteur d'arbres, Ecosia. Utiliser le numérique pour changer le monde, réduire les émissions de CO_2 dans l'atmosphère, protéger les sols et soutenir des populations vulnérables face au changement climatique : voilà la promesse de sa start-up. Depuis sa création en 2009, celle-ci a déjà planté plus de 15 millions d'arbres, peut-être grâce à vous !

Faisons-le ensemble. C'est tout simple. Installez Ecosia sur votre ordinateur et faites vos recherches habituelles. Ecosia s'occupe de planter pour vous dans des zones déforestées situées dans des régions pauvres. C'est tout ? Eh bien oui, mais c'est du très concret : quarante-cinq recherches équivalent à un arbre planté. De Madagascar au Burkina Faso, du Pérou à l'Indonésie, nos forêts trouées et nos zones désertiques sont en train d'être reboisées. Et Ecosia redistribue jusqu'à 80 % de ses bénéfices publicitaires à des projets de reforestation et de restauration d'écosystèmes.

En près de deux ans, mes recherches sur Ecosia ont contribué à planter plus de 3 000 arbres. Si nous nous y mettons tous, imaginez le résultat! Sans attendre trente-six ans – on ne les a pas tous devant soi –, on pourrait créer la même forêt que Jadav.

«Pourquoi existons-nous: pour faire du profit ou bien pour une cause plus grande et moins égocentrée?»: voilà la question que s'est posée Christian Kroll avant de lancer son business durable et essentiel. L'ambition étant l'adrénaline qui fait avancer les *changemakers*, son équipe et lui espèrent planter 1 milliard d'arbres d'ici à 2020. Si 10 % des Français utilisaient Ecosia, 100 millions d'arbres supplémentaires seraient plantés. Et si on les aidait à assainir notre air commun et à faire rejaillir la vie? #EcoAmbassadeurs

Éthiopie: #KeepCalmAndPlantTrees

À la fin du mois d'octobre 2017, je suis partie une semaine dans les terres reculées d'Éthiopie avec les équipes d'Ecosia et de la fondation suisse Green Ethiopia. Ecosia est l'une des organisations qui financent Green Ethiopia, laquelle, depuis plus de quinze ans, œuvre à l'autonomie de paysans sur 90 sites, du nord au sud du pays. Le but de ce voyage était d'observer les bienfaits des plantations d'arbres sur les populations rurales locales.

Ces familles paysannes ont un âne, des fruits et des légumes, et elles parviennent à les cultiver grâce aux arbres. Car les arbres rendent les sols plus fertiles, permettent de lutter contre l'érosion et de garder de l'eau dans les sols grâce à leurs racines. Ces dizaines de familles que j'ai rencontrées peuvent ainsi varier les cultures pour vivre en autosuffisance. Par exemple, sur le site de Safa, au sud d'Addis-Abeba, avec un demi-hectare en moyenne, elles cultivent des bananes, du maïs, des pois ou encore le blé local, le teff. Et, pour peu que les points d'eau soient proches des habitations, les filles peuvent se rendre à l'école au lieu de passer des heures à aller chercher de l'eau pour leur famille.

Un matin, durant l'une de nos visites dans les collines reculées, j'ai vécu l'un des moments les plus émouvants de ma modeste vie. Mon accoutrement vestimentaire – un jean et une polaire – n'était guère adapté à cet environnement humide où la température avoisinait les vingt degrés. Même si je portais des chaussures de marche, les cinq autres personnes de notre groupe avaient pris de l'avance sur moi : elles progressaient aisément sur ce chemin pierreux, « à pas de chèvre ». J'ai beau avoir grandi sur les rochers des Gorges de Franchard, près de Fontainebleau, je n'étais vraiment pas à l'aise. Peut-être que l'altitude (1 800 à 2 000 mètres) essoufflait aussi mon cœur fraichement de taille normale.

Toujours est-il que ma démarche hésitante a attiré l'attention d'une des paysannes qui nous entouraient ce matin-là. Pieds nus, vêtue d'une robe trouée et salie de boue, elle n'a pas hésité une seconde à me venir en aide et a saisi mon bras pour m'accompagner. Elle grimpait avec aisance sur les rochers et les grosses pierres et prenait soin de me relever dès que mes jambes fléchissaient, par exemple, à cause d'un trou dissimulé dans les hautes herbes. M'offrir son bras était naturel pour elle.

Je pensais avoir été plus gâtée qu'elle dans la vie, et pourtant elle faisait preuve d'une générosité spontanée. Dans nos pays occidentaux, une femme qui glisse sur le trottoir ou une personne âgée qui peine à monter des marches ne reçoivent pas toujours une main secourable comme celle que m'a tendue cette paysanne éthiopienne, qui s'appelait Nekitu.

Coups de cœur fooding : se nourrir de façon citoyenne contre l'indigestion d'un système

L'alimentation et l'agriculture ont elles aussi leurs petites têtes créatives. Il faut dire que, dans ce domaine, les disparités sont tout bonnement aberrantes, entre ceux qui ne mangent pas à leur faim et ceux dont les poubelles regorgent de tonnes d'aliments gâchés. Près d'un milliard d'êtres humains sont sous-alimentés sur la planète et près d'un tiers de nos aliments produits est perdu ou gaspillé chaque année. Chez nous, selon l'INRA (Institut national de la recherche agronomique), 6 millions d'adultes seraient en situation d'insécurité alimentaire. Or figurez-vous que 6 millions, c'est justement le nombre de tonnes d'aliments qui finissent leur vie dans nos poubelles, à défaut de remplir des estomacs... De plus, à en croire la FAO, le gaspillage alimentaire est responsable du rejet de plus de 3 gigatonnes de gaz à effet de serre par an, soit plus du double des émissions du transport routier des États-Unis qui comptent plus de 300 millions d'habitants en 2010 [1].

Je mets mes parts en trop à dispo

Ça ne vous arrive jamais d'ouvrir votre frigo et de constater, dépité et coupable, que vous avez encore laissé des aliments se périmer? Après avoir travaillé pendant quinze ans dans un groupe international de cosmétiques, Laurence Kerjean, aidée de son mari, a lancé MeetZeChef, une plateforme anti-gaspillage qui permet également de créer du lien social. Tous ceux qui ont des parts de nourriture en trop chez eux peuvent les prendre en photo et les mettre à disposition sur la plateforme, à moindre coût, voire gratuitement.

Comme Laurence a l'âme d'une *changemaker* et qu'elle cultive ses idées, une autre a germé. Elle a décidé, pour avoir plus d'impact, d'inviter les entreprises de plus de 500 salariés à entrer dans la danse. Grâce à son Frigo jaune, elles peuvent désormais éviter de gâcher leurs surplus alimentaires. Imaginez: tous les petits fours, fruits ou gâteaux non consommés peuvent se retrouver gratuitement dans le *doggy bag* de chaque collaborateur au lieu d'atterrir dans la poubelle. Un petit sac jaune qui

---

1. Rapport FAO http://www.fao.org/3/a-ar428f.pdf

peut faire la différence – et des heureux. Adieu le stress des courses avant le dîner, youpi l'en-cas avant d'aller au sport, merci pour la personne à qui vous le donnerez dans la rue.

Attention, ce genre d'idée responsable n'est peut-être qu'une des premières d'une longue série. Depuis juillet 2016, la loi Grenelle II impose aux entreprises de plus de 500 salariés et/ou plus de 100 millions d'euros de chiffre d'affaires d'inclure des données sur le gaspillage alimentaire et l'économie circulaire dans leur rapport RSE (« responsabilité sociétale des entreprises »).

À découvrir aussi via votre smartphone, l'application Too Good to Go pour devenir des héros anti-gaspi ou encore OptiMiam. À suivre aussi Brigade Baguette sur Facebook, jeune association qui prépare des sandwichs pour des personnes dans le besoin via des invendus.

Des villes qui font rougir des fraises

Leurs parents étaient agriculteurs dans le Nord et en Picardie. Guillaume Fourdinier et Gonzague Gru, eux, ont fait une école de commerce. En quittant la campagne pour aller étudier dans une grande ville, ils ont été sidérés de voir que, là-bas, les tomates ou les fraises n'avaient pas le même goût – ou plutôt, qu'elles n'avaient pour ainsi dire pas de goût du tout. Comment faire profiter les habitants des villes des fruits et légumes au bon goût d'antan?

L'idée leur vient un jour dans la cour de la ferme des parents de Gonzague, à la vue d'un container récupéré pour entreposer du matériel : les deux amis décident de transformer des containers maritimes recyclés en paradis pour fruits et légumes. Ils les appellent les « cooltainers ». Sans dépendre des aléas climatiques – lumière, humidité, température –, ils permettent de produire 120 fois plus qu'une culture en pleine terre. Pour le moment, Guillaume et Gonzague se sont concentrés sur les fraises. Ils ont l'objectif d'en produire 7 tonnes par an. Un pari audacieux avec zéro OGM, zéro pesticide et zéro pollution. Et avec tous ces zéros, devinez quoi ? Elles sont 100 % gourmandes !

De quoi faire rougir nos petites chouchoutes, tout en réduisant leur empreinte carbone. En Europe, la distance moyenne parcourue par les fruits et légumes entre le champ et l'assiette est de 1 500 kilomètres. Nos deux *changemakers*, eux, produisent directement en bas de chez vous, notamment dans la capitale et dans toute l'Île-de-France, mais aussi dans d'autres villes du monde dès 2018. Leur idée, en plus d'être bonne, est duplicable. Et c'est bienvenu, vu les estimations de l'ONU, qui prévoit que 70 % de la population mondiale vivra en zone urbaine d'ici à 2050.

Loin des produits chimiques toxiques que les agriculteurs déversent en tenue de cosmonaute – et dont ils sont malheureusement les premières victimes –, les fondateurs d'Agricool emploient des techniques plus durables. Pour économiser l'eau, ils font appel à un système en hydroponie permettant de réduire de 90 % la quantité d'eau utilisée. Pour polliniser les fleurs, ils recourent à des bourdons. Et les lumières basse consommation sont alimentées uniquement aux énergies renouvelables.

Voici donc *Strawberry in the City*, une production française propre et saine qui est en train d'écrire l'histoire de nos nouveaux modes de vie.

Coups de cœur vegan : être fashion et éthique, c'est « possible à porter »

Une planète « fashionnement » polluée qui creuse les inégalités

Dans l'univers de la mode, navrée de vous décevoir s'il vous restait encore quelques illusions, mais les paillettes et les mannequins sexy cachent des dessous bien moins reluisants. L'industrie du textile est la deuxième industrie la plus polluante au monde. Elle pollue d'ailleurs tout autant la nature que la vie de ses travailleurs. Le documentaire d'Andrew Morgan sur la fast fashion, *The True Cost*, montre bien que plus le prix de ces petits vêtements sympa est bas, plus les conditions de vie des travailleurs sont misérables.

Début novembre 2017, à Istanbul, les clients d'une de ces franchises qui ont pignon sur rue dans le monde entier ont découvert, cousus sur les étiquettes, des messages de détresse écrits par des ouvriers : « J'ai fabriqué cet article que vous vous apprêtez à acheter, mais je n'ai toujours pas été payé. » Nos dressings d'Occidentaux sont le reflet de notre société de consommation. On achète, on jette, on rachète, etc. Pendant ce temps, dans les usines, les ouvrières et les ouvriers travaillent, travaillent, travaillent, jusqu'à l'épuisement et, parfois, jusqu'à la mort. Les grandes marques sous-traitent de plus en plus, et les prix baissent en même temps que se dégradent les conditions de travail.

La mode éphémère est responsable de l'arrivée d'un accessoire ou d'un «must have» chaque semaine dans nos magazines ou nos magasins. Près de 52 saisons par an – de quoi se mettre dans la peau de Carrie Bradshaw à n'importe quel moment de l'année! Pour tenir ce rythme, les grands groupes font pression sur les propriétaires d'usine, qui répercutent cette pression sur leurs ouvriers.

Il faut dire que les publicités nous en mettent plein la vue. De mannequins sexy en paysages paradisiaques, on peut vite être berné. Car tout est packagé pour qu'on n'y voie que du feu: strass, paillettes, inauguration de boutiques en grande pompe… Les photos ne montrent jamais les usines. À l'autre bout de la planète, les fabricants ferment les yeux sur les mesures de sécurité pour faire des économies. On a vu le résultat à Dacca, au Bangladesh: le 24 avril 2013, le Rana Plaza, un bâtiment de huit étages abritant des ateliers de confection, s'est effondré, tuant plus de mille personnes et en blessant plus du double. Ce jour-là, les ouvriers du textile bangladais ont payé le prix fort pour que nous ayons des vêtements bon marché.

En matière d'environnement aussi, il y a urgence à trouver des solutions. Les décharges où sont amassées ces tonnes de vêtements émettent dans l'air des gaz toxiques. Dans un certain nombre de pays, comme l'Inde, les usines qui fabriquent du cuir bon marché polluent rivières et sources d'eau potable. Plus de 50 millions de litres d'eaux usées sont rejetées par ces tanneries locales – et tout cela, bien sûr, à l'abri des regards de notre monde consumériste.

Une styliste qui redonne vie aux chutes de tissu avec l'aide de salariés en insertion

Nous voici de retour à Paris. Cette fois, je vous emmène rue Volta pour rencontrer une femme épatante, la styliste franco-comorienne Sakina M'sa. Avec ses caisses à fruits et légumes dans lesquelles elle expose ses modèles, sa boutique de mode est un manifeste à elle toute seule. Ses créations sont réalisées exclusivement avec des étoffes provenant de chutes de tissu de maisons de haute couture, et ses employés sont tous des salariés en insertion.

Prédestinée à un mariage forcé, cette boule d'énergie en pantalon fluo m'a confié que, pour elle, « la mode a été une fenêtre vers tous les possibles face aux traditions et au destin des femmes de [sa] communauté ». Aussi passionnée que touchante, Sakina, du haut de son mètre cinquante, impressionne les grands noms de la mode. Sa boutique est devenue une entreprise d'insertion agréée par l'État. Ses collections côtoient celles d'autres créateurs qui, comme elle, ont décidé du mettre du sens dans chacun de leurs coups de ciseau.

*La mode vegan ou le lifestyle de demain
pour une société plus durable*

Il y a des *changemakers* qui sont plus sensibles que d'autres aux animaux, jusqu'à refuser non seulement de les manger, mais de les porter sous forme d'accessoires ou de vêtements – tout comme il ne nous viendrait pas à l'esprit de manger la cuisse d'une amie ou de porter des chaussures fabriquées avec la peau de son ventre. En plus de respecter les engagements du développement durable, la « vegan fashion attitude » considère les animaux comme des égaux.

Animées de cette sensibilité et de cette philosophie, deux amies, Camélia Docquin et Elena Skliar, se sont engagées dans une aventure destinée à faire connaître les vertus de cette mode durable dans ses diverses manifestations. Elles ont lancé La Pradelle, un select-store de référence en France, qui s'adresse à tous. Les deux jeunes femmes sont parties à la recherche de producteurs et ont arpenté les salons pour dénicher des produits respectueux de l'homme et de la nature.

J'ai rencontré Camélia au printemps 2017, à deux pas de l'Arc de Triomphe. « Nos produits sont éthiques dans le sens entier du terme, m'a-t-elle expliqué, car ils sont produits de manière humaine. C'est-à-dire qu'ils n'emploient aucun composant d'origine animale, ne sont pas issus de l'exploitation animale et ont un impact limité sur l'environnement. Par ailleurs, les gens qui travaillent sur ces produits sont rémunérés de manière décente ! »

Leurs produits éthiques et éco-responsables sont à la portée de chacun : sneakers en Piñatex (fibres d'ananas), t-shirt certifiés « coton bio », bijoux fabriqués à la main par des artisans, ceintures en chambres à air recyclées... Leurs engagements répondent à ce que j'appelle le triple « R » de respect : respect de l'environnement, respect des hommes et respect des animaux.

Coups de cœur humanistes : créer du lien social

La transmission intergénérationnelle pour tisser du lien social

Pas trop fatigué(e) ? Super. On continue la visite.

À trois minutes à pied de la boutique de Sakina M'sa, on trouve Les Talents d'Alphonse, la première plate-forme collaborative qui permet de créer du lien social entre de jeunes retraités et des personnes désireuses d'apprendre des savoir-faire manuels. Depuis qu'ils ont lancé cette idée, Thibault Bastin et Barthélemy Gas, qui n'ont pas encore vingt-cinq ans, ne s'arrêtent plus. Après Paris et l'Île-de-France, ils comptent prochainement permettre à d'autres Alphonse et Alphonsine d'avoir un revenu complémentaire à Lille, puis dans toute la France d'ici à 2018.

L'ambition est là, l'envie et l'entraide aussi. De belles perspectives, d'autant que notre beau territoire compte près de 14 millions de retraités actifs...

La réinsertion de nos semblables réfugiés

Il est temps de se poser pour parler d'un des plus grands fléaux du siècle. Nous traversons une crise des réfugiés sans équivalent depuis la Seconde Guerre mondiale. Aider à l'intégration des personnes qui fuient les guerres, la répression, la pauvreté et la mort, et qui sont malheureusement parfois traitées comme des animaux dans le pays censé être leur terre d'accueil, leur permettre de vivre une vie digne, c'est le combat de l'association Singa.

Créée en 2012 en France par Nathanaël Molle et Guillaume Capelle, Singa est présente aujourd'hui dans cinq pays – du Québec à l'Allemagne en passant par la Suisse –, et bientôt dans huit. Son action est centrée sur le lien et la co-création : recherche de logement ou d'emploi pour les nouveaux arrivants, mais aussi quête de sens et d'apprentissage pour les locaux. Bénévoles et sympathisants travaillent ensemble à transformer en profondeur la conception de la terre d'asile.

Des sacs de charités pour des sans abris

On prend l'avion, ou un bateau à hydrogène, direction la ville de Barack Obama, Chicago, dans l'Illinois aux États-Unis. Là-bas, j'ai eu la chance de rencontrer pour son premier interview pour la presse internationale, mon plus jeune *changemaker*, Jackhil Jackson. Il y a 2 ans, âgé de 8 ans, il a créé son association I AM qui consiste à distribuer des sacs de charité, appelés « blessing bags », pour des SDF dans les quartiers populaires de la ville des vents (*Windy City*). Fin 2017, Barack Obama a même twitté les efforts de ce jeune humaniste qui venait d'atteindre son objectif : distribuer 5 000 sacs.

Vous l'aurez compris : la liste est longue, très longue, des initiatives, mais aussi des personnes qui ont retenu mon attention et séduit mon cœur depuis mars 2015. Toutes sont généreuses, inventives et engagées. Laissez-moi en citer encore quelques-unes.

Il y a Nicolas Imbert, fondateur et directeur exécutif de Green Cross France, qui défend ardemment la protection des océans avec Jean-Michel Cousteau, son président, aux quatre coins du monde. Il y a aussi Michèle Sabban, présidente du Fonds vert pour les femmes R20, l'ONG d'Arnold Schwarzenegger fondée en 2010 pour donner du pouvoir aux pays en développement. En matière de protection des abeilles, Thierry Dufresne, avec son Observatoire français d'apidologie, dans le Var, sur le site de la Sainte Baume, tente de révolutionner l'apiculture en luttant contre le varroa, l'un des responsables du déclin de nos pollinisateurs.

Je vous invite également à visiter des incubateurs ou des accélérateurs comme Makesense, ou encore le nouvel espace parisien Les Canaux, la Maison des économies solidaires et innovantes, au bord du canal de l'Ourcq. Du côté de Bordeaux, vous pouvez trouver l'inspiration en visitant Darwin, la friche urbaine rénovée devenue un espace culturel écolo, mais pas que… Enfin, pour les plus curieux, allez faire un tour sur le site de l'ONG Ashoka, à ce jour le plus grand réseau mondial d'entrepreneurs sociaux.

Vous trouverez encore beaucoup de noms d'optimistes sur mon blog. Et il me tarde déjà d'en rencontrer d'autres !

S'indigner, c'est bien. Agir, c'est mieux. Je me suis créé, je crois, le plus beau métier du monde. On me dit souvent que je souris beaucoup : pas étonnant, je ne suis entourée que de personnes qui me donnent envie de sourire ! Dans leur monde, tout problème a sa solution. Alors, à quoi bon se plaindre, perdre du temps en querelles stériles, critiquer les autres sans rien faire ? Elles font tout le contraire. Elles écoutent, agissent et ne tiennent pas compte des commentaires désobligeants. Elles ont des choses plus urgentes et plus importantes à gérer. Des vies, des destins sont en jeu. Ce n'est plus : « Parle à ma main, ma tête est malade », mais : « Parle à ma main, mon cœur est activé. »

Rencontrer tous ces gens qui s'efforcent humblement, courageusement, chacun à son niveau, chacun à sa manière, de trouver des solutions pour rendre notre monde meilleur me donne les ingrédients pour garder le moral et l'espoir. Je suis aux premières loges de la naissance d'une nouvelle humanité solidaire et connectée utilement.

Guerres, attentats, dérèglement climatique : l'année dernière a encore été riche en horreurs de toute sorte. Mais que l'on me permette de ne pas sombrer dans le catastrophisme ambiant. Le nihilisme, c'est le début du cynisme. Et le cynisme est un poison qui racornit le cœur.

Depuis que je côtoie cet environnement de *changemakers*, que je vois ces jeunes et moins jeunes se triturer les neurones pour réduire les inégalités et les impacts du changement climatique, je me dis qu'il y a de quoi rester optimiste. Ne me blâmez pas d'avoir envie d'y croire. Ce n'est pas à moi que vous feriez du mal, mais à vous-même.

CHAPITRE VII
Révolutionnons positivement le monde ensemble

Beaucoup d'entre vous, sans doute, viennent de découvrir l'existence des *changemakers* dans ces pages. Si vous les connaissiez déjà, c'est certainement que vous êtes un membre actif de l'« économie sociale et solidaire », ou ESS. Sinon, leur destin et leur parcours restent souvent méconnus. Parce que ces initiatives vertueuses, positives, inclusives et durables ne sont pas « dangereuses » pour l'homme ni pour la santé, elles ne font jamais l'ouverture des journaux télévisés et ne sont jamais en tête des actualités sur les moteurs de recherche. Quoique… Une tendance aux informations enrichissantes et constructives commence à se frayer une place dans les rédactions. #SoyonsOptimistes

Pourtant, je suis sûre qu'une majorité d'entre vous aimeraient davantage être informés des actions et des réussites de toutes ces personnes inspirantes. Je soupçonne même certains de vouloir les rencontrer. Je me trompe? Vous avez bien raison. Cela n'a rien de désagréable de rencontrer des gens optimistes, audacieux et engagés! Au contraire, cela vous donnerait plutôt envie de faire comme eux. Qui sait?

La solidarité fait battre leur cœur, l'intérêt pour les générations futures est sur leurs lèvres, ils incarnent une certaine idée de l'avenir durable. Pouvoir commencer sa journée ou la terminer en suivant ces acteurs qui se battent pour un monde meilleur, parfois en bas de chez nous, changerait nos perspectives sur l'avenir de la planète.

En plus de soulager les maux de notre société, ils suscitent notre intérêt, éveillent notre curiosité et nous incitent à les rejoindre dans leur dynamique vertueuse et déterminée. Rien ne les effraie, l'inconnu les excite. Comme Audrey Hepburn, dans le mot «impossible», ils ont tous lu – même ceux qui ne parlaient pas anglais – «I'm possible» «je suis un possible».

Il fallait être motivé pour se lever un matin et se mettre à planter des arbres durant des décennies. Il fallait être optimiste pour créer une association humanitaire en tant que Blanc dans une ancienne colonie française. Il fallait être audacieuse pour échapper à son destin d'aristocrate et convertir des bateaux en hôpitaux pour les plus démunis. Il fallait être inventif pour penser à fabriquer des skateboards et des montures de lunettes de soleil à partir de filets dérivants. Il fallait être convaincant pour inciter les grands groupes à soutenir des communautés pauvres à l'autre bout de la planète. Il fallait être téméraire pour monter un partenariat entre une start-up qui fabrique des mouchoirs et une ONG environnementale. Il fallait être astucieuse pour sensibiliser à la plantation d'arbres à partir d'arbres virtuels. Il fallait être habile pour se servir d'un outil aussi usuel qu'un moteur de recherche pour verdir la planète. Il fallait être courageuse pour quitter un job confortable dans une entreprise de cosmétiques et se lancer dans la lutte moins glamour contre le gaspillage alimentaire. Il fallait être patient pour mettre au point un système innovant permettant de cultiver des fraises en ville de façon naturelle. Il fallait avoir du charisme pour échapper au destin de sa communauté et faire de sa passion une solution d'insertion. Il fallait être visionnaire pour proposer un mode de vie vegan à l'heure où cette tendance altruiste et respectueuse est encore trop marginalisée. Il fallait être lucide pour créer une plateforme dédiée à la génération de ses grands-parents quand on n'a pas encore 30 ans. Il fallait être sensible à l'autre pour lancer une start-up destinée aux réfugiés. Il fallait être déterminé pour créer son association à tout juste 8 ans.

Et moi, je devais être bien folle pour me lancer, il y a deux ans, dans cette aventure dont je ne connaissais pas l'aboutissement.

Notre interdépendance : une faiblesse ou une force ?

Qu'est-ce que tous ces *changemakers* ont en commun ? Ils ont écouté leur cœur et voulu donner du sens à leur quotidien.

Pour certains individus, la bonté, loin d'être une vertu, est une faiblesse. Ils imaginent qu'est bon celui qui, par faiblesse, ne sait jamais dire non et n'ose contredire personne. Rien n'est plus faux, selon moi. La bonté suppose au contraire beaucoup de courage : le courage de s'opposer, avec constance, dans chacune de ses actions, aux forces ténébreuses du monde, quand tout incite à la colère, au repli sur soi ou à la haine.

Se replier sur soi et penser à la préservation de ses intérêts et de ses privilèges en période de crise est un réflexe. Nous avons cette tendance parce que nous voyons autour de nous des gens démunis et que nous avons peur de connaître le même sort à notre tour. Mais c'est faire fausse route. C'est oublier que nous faisons tous partie de la même humanité, ce qui nous rend interdépendants avant d'être interconnectés. Nous partageons des ressources vitales. Nous sommes 7,6 milliards de locataires d'un habitat commun, la planète Terre, que je surnomme le Palace bleu « surétoilé ». Ce palace, c'est notre « Airbnb » éphémère, que nous louons le temps de notre passage dans ce monde. Un logement qui met à notre disposition ses différents équipements. Et que nous saccageons en en payant les frais.

Chaque année, 7 millions de personnes meurent à cause de la pollution atmosphérique

Dès notre naissance et jusqu'à notre dernier souffle, c'est l'air de la Terre que nous respirons. Tirons les leçons de Tchernobyl : comme les nuages, l'air ne s'arrête pas aux frontières. Quand il est pollué à un endroit de la planète, il n'est jamais qu'à quelques heures de nos narines.

L'Organisation mondiale de la santé a estimé les ravages de notre pollution atmosphérique, et le chiffre a de quoi nous faire tousser : chaque année dans le monde, c'est un peu moins de l'équivalent de la population d'Israël qui succombe prématurément aux effets de la pollution atmosphérique, soit 7 millions de personnes. En France, 48 000 concitoyens nous quittent prématurément chaque année pour les mêmes raisons.

D'où vient cette pollution ? Comme l'explique le site de l'Ademe (Agence de l'environnement et de la maîtrise de l'énergie), elle peut être d'origine naturelle, provenir par exemple d'éruptions volcaniques, de la foudre ou encore de certaines plantes. Mais nos activités ont évidemment leur part de responsabilité, à commencer par les transports routiers, la production d'énergie à partir de combustibles fossiles ou encore l'incinération des déchets. En bref, nous respirons un air que nous polluons nous-mêmes. Nous nous envoyons donc nous-mêmes au Paradis. Pourtant, je doute fort que nos 7 millions de frères et sœurs qui meurent chaque année pour cette raison étaient si pressés que ça d'y aller…

Tuer les requins et les baleines, c'est appauvrir directement notre production d'oxygène

Les océans de la planète sont à notre disposition, et nous sommes des centaines de millions à en profiter. Ils sont des lieux de vie et une source directe de travail pour certains, une destination touristique pour d'autres, enfin une source de protéines pour beaucoup.

Des humains aux ours polaires, ils sont nombreux à raffoler des ressources halieutiques. Sauf que, à la différence des autres espèces, nous en avons fait un business, et c'est parce que nous en tirons des profits que nous mettons en danger les océans. Constructions côtières, surpêche, pêche illégale, pollutions aux produits chimiques : c'est tout leur écosystème que nous chamboulons.

Or le bien-être des océans nous est vital. Ils contribuent à générer la moitié de notre oxygène : en d'autres termes, une respiration sur deux provient des océans ! Grâce à la magie de la photosynthèse, ils constituent un puissant régulateur climatique. Quand ils absorbent trop de dioxyde de carbone, que nous produisons très majoritairement, ils s'acidifient et se réchauffent, et toute la vie marine s'en trouve perturbée.

Les coraux font partie des nombreuses victimes de ces dommages. Ils en deviennent blancs de dépit. On appelle ce triste phénomène, synonyme de mortalité, le blanchissement du corail. Et ce n'est pas comme nos cheveux quand nous prenons un coup de vieux ; les coraux blanchissent parce qu'ils meurent. C'est alors la perte de logement assurée pour tous leurs habitants, végétaux comme animaux. Or je doute que seloger.com existe dans le monde sous-marin...

Ce n'est pas tout. Notre soif de profits nous rend très créatifs dans nos modes de destruction, jusqu'à manger l'inimaginable : des ailerons de requin. Comme si toutes les denrées alimentaires qui existent sur terre, légumes, fruits, légumineuses ou fruits à coque, ne suffisaient pas à nous rassasier ! Les écosystèmes sont équilibrés notamment là où l'on trouve des populations de squales. Et pourtant, nos amis chinois et coréens en raffolent et les dégustent en soupe, leur prêtant des vertus aphrodisiaques – quand les conditions de pêche devraient leur couper toute envie de quoi que ce soit...

Comme la population chinoise dépasse le milliard d'individus, la demande est colossale. C'est pourquoi, chaque année, des pêcheurs pas vraiment en règle tuent près de 100 millions de requins en leur arrachant leurs ailerons à vif, sans anesthésie locale ni générale. On appelle cette technique barbare l'aileronnage – *shark finning* en anglais. Je vous laisse imaginer ces requins, mutilés, incapables de se déplacer, agoniser lentement dans les profondeurs de l'océan... C'est ce qui s'appelle un saccage, avec comme mot d'excuse : « Mets traditionnel chinois ».

Indéniablement, ce n'est pas le requin qui est un danger pour les humains, mais l'inverse. On dénombre une centaine d'attaques de requin par an sur la planète, et une dizaine de décès. Par comparaison, le nombre de victimes par homicide a été multiplié par 9 au cours des quinze dernières années. Et pour cause : les attentats terroristes sont passés de moins de 2 000 à près de 14 000 [1].

Ainsi, l'homme, en plus de mettre sur le banc de touche des centaines d'espèces végétales et animales chaque année, mutile sa propre espèce. Notre cupidité ne nous coûtera pas une jambe en moins ou une trace de mâchoire sur le corps, mais la vie.

Une autre pêche illégale perturbe les écosystèmes marins : la pêche à la baleine. Dans les médias et sur les réseaux sociaux, nous en entendons notamment parler grâce aux actions militantes de l'ONG Sea Shepherd, du capitaine Paul Watson. Ces malheureux cétacés n'ont pourtant rien fait pour mériter de se retrouver ensanglantés et découpés en rondelles sur les navires japonais, à raison d'une baleine bleue par jour.

Même si nous ne côtoyons pas ces mammifères au quotidien dans notre Airbnb géant, nous sommes liés à eux. Les baleines bleues alimentent nos océans grâce à leurs excréments, riches en fer. À première vue, rien de très appétissant pour nous. En revanche, le plancton qui produit notre oxygène, lui, en est accro pour se développer !

Les baleines bleues permettent donc l'ensemencement de nos océans. Cela veut dire que, si elles disparaissent, notre production d'oxygène sera en baisse, tout comme

---

1. Source : http://www.slate.fr/story/115997/statistiques-terrorisme

une bonne partie de la vie sous-marine. Comme Paul Watson le rappelle souvent dans ses conférences, si nous avons perdu 40 % de notre plancton, c'est bien à cause du massacre de nos baleines bleues. L'homme en a exterminé 300 000 au cours du XXe siècle, soit l'équivalent de la population du Pays basque.

Chaque fois qu'on arrache un arbre, on compromet la santé de plusieurs individus

Nous partageons les forêts avec la faune et la flore. Les arbres sont précieux. Ils assainissent notre air – celui-ci étant déjà pollué, cela pourrait être utile de les conserver. Ils permettent la vie de dizaines de milliers d'espèces qui, comme nous, ont tout simplement envie de profiter de leur location éphémère. Ils produisent de l'oxygène, ce qui nous est assez nécessaire, étant donné que nous sommes programmés pour en respirer toute notre vie. Et, comme on l'a vu avec l'exemple de l'Éthiopie, ils assurent également la sécurité alimentaire des populations rurales.

Mais l'homme voit derrière chaque « ressource-équipement » un business. De ce fait, nous sommes devenus des champions de la déforestation. Au bout du compte, on n'y gagne pas grand-chose, puisque cela nous précipite tous vers l'abîme. Et je doute que les participants à cette course au profit emporteront leurs millions au paradis.

Tous ceux qui, comme moi, croient en la réincarnation doivent se dire qu'il faut être sacrément motivé pour vouloir revenir sur cette Terre, avec ses ressources qui se réduisent comme une peau de chagrin. Un océan rempli de plastique et de méduses, des plaines désertiques, des millions de moustiques qui prolifèrent, plus aucun éléphant ni rhinocéros dans nos savanes : quelle sordide tristesse ! Si nous continuons à ce rythme, guidés par la cupidité au détriment de la santé de notre planète et de la survie de nos colocataires et de notre espèce, si nous persistons à nous moquer éperdument de ce que nous transmettrons aux générations futures, convaincus que, de toute façon, cela ne sert à rien de se battre, puisque tout est déjà fichu, qui sait dans quel état sera notre planète dans un siècle ou deux ?

Ce que nous savons c'est que nous serons près de 10 milliards de colocataires d'ici à 2050, et toujours dans la même location, sans possibilité d'extension. C'est donc dès maintenant, au moment même où vous lisez ces lignes – avec, peut-être, le ventre aussi noué que moi tandis que je les écris –, que nous devons devenir plus solidaires les uns envers les autres. Notre biosphère est en danger. À l'heure où j'achève l'écriture de ce livre, 15 634 scientifiques issus de 184 pays viennent de signer un manifeste dans lequel ils lancent un cri d'alarme. Je me permets d'en citer un extrait ici :

> « Les transitions vers la durabilité peuvent s'effectuer sous différentes formes, mais toutes exigent une pression de la société civile, des campagnes d'explication fondées sur des preuves, un leadership politique et une solide compréhension des instruments

politiques, des marchés et d'autres facteurs. Voici – sans ordre d'urgence ni d'importance – quelques exemples de mesures efficaces et diversifiées que l'humanité pourrait prendre pour opérer sa transition vers la durabilité :

• privilégier la mise en place de réserves connectées entre elles, correctement financées et correctement gérées, destinées à protéger une proportion significative des divers habitats terrestres, aériens et aquatiques – eau de mer et eau douce ;

• préserver les services rendus par la nature au travers des écosystèmes en stoppant la conversion des forêts, prairies et autres habitats originels ;

• restaurer sur une grande échelle les communautés de plantes endémiques, et notamment les paysages de forêt ;

• ré-ensauvager des régions abritant des espèces endémiques, en particulier des superprédateurs, afin de rétablir les dynamiques et processus écologiques ;

• développer et adopter des instruments politiques adéquats pour lutter contre la défaunation, le braconnage, l'exploitation et le trafic des espèces menacées ;

• réduire le gaspillage alimentaire par l'éducation et l'amélioration des infrastructures ;

• promouvoir une réorientation du régime alimentaire vers une nourriture d'origine essentiellement végétale ;

• réduire encore le taux de fécondité en faisant en sorte qu'hommes et femmes aient accès à l'éducation

et à des services de planning familial, particulièrement dans les régions où ces services manquent encore ;
• multiplier les sorties en extérieur pour les enfants afin de développer leur sensibilité à la nature, et d'une manière générale améliorer l'appréciation de la nature dans toute la société ;
• désinvestir dans certains secteurs et cesser certains achats afin d'encourager un changement environnemental positif ;
• concevoir et promouvoir de nouvelles technologies vertes et se tourner massivement vers les sources d'énergie vertes tout en réduisant progressivement les aides aux productions d'énergie utilisant des combustibles fossiles ;
• revoir notre économie afin de réduire les inégalités de richesse et faire en sorte que les prix, les taxes et les dispositifs incitatifs prennent en compte le coût réel de nos schémas de consommation pour notre environnement ;
• déterminer à long terme une taille de population humaine soutenable et scientifiquement défendable tout en s'assurant le soutien des pays et des responsables mondiaux pour atteindre cet objectif vital [1]. »

De cette prise de conscience dépend notre survie.

1. http://www.lemonde.fr/planete/article/2017/11/13/le-cri-d-alarme-de-quinze-mille-scientifiques-sur-l-etat-de-la-planete_5214185_3244.html

L'interdépendance au quotidien

L'interdépendance est présente partout dans notre vie de manière encore plus concrète. Sans en prendre conscience, nous contribuons tous à bâtir la société dans laquelle nous évoluons au quotidien. La solidarité devrait donc couler de source.

Vous demandez-vous parfois d'où vient le café que vous buvez au réveil ? À ma connaissance, il n'y a pas de champs de caféiers à Paris, près de mon petit appartement, ni de palmeraies d'açaï, ce fruit brésilien qu'on retrouve dans nos desserts. Le café, s'il est de type arabica, peut provenir du Guatemala, du Honduras, de Colombie ou du Brésil. Le robusta, quant à lui, est produit en Inde, en Angola ou encore en Côte d'Ivoire. Ainsi, à chaque gorgée, nous avalons une région du monde, avec ses diverses saveurs et odeurs.

Et qu'en est-il de la tasse que nous tenons entre nos mains ? Elle a bien dû être fabriquée, transportée, puis vendue. Et le magasin qui l'a mise dans ses présentoirs ? Il y a des gens qui y travaillent, des gens comme vous, comme moi. Je continue ? Les vêtements bon marché vendus par les grandes enseignes proviennent généralement d'Asie, notamment de Chine ou du Bangladesh. Le coltan, surnommé « minerai du sang », qu'on trouve par exemple dans nos smartphones, est une ressource africaine ; il est à l'origine de la misère que connaît la population de la République démocratique du Congo. À ce sujet, je vous invite à découvrir le documentaire *Blood in the Mobile* (2010), de Frank Poulsen.

Les bananes ou les mangues que nous mangeons de janvier à décembre ne sont certainement pas produites au fin fond du Cantal ni sur les côtes bretonnes. Et le blé des grandes marques agroalimentaires qui fait le plaisir de nos enfants au goûter, vient-il uniquement de nos champs ? Les palmiers à huile qui ravagent les forêts, polluent l'air et tuent les beaux orangs-outans sont cultivés majoritairement en Indonésie et en Afrique. Et cette huile, que vous consommez «cachée» dans des gâteaux, snacks ou pâtes à tartiner, fait aussi rouler nos voitures…

Il y a un petit bout de notre monde dans chaque recoin de notre quotidien. De l'électroménager au dressing en passant par le frigo, nous sommes tous reliés. L'ailleurs est proche, à portée de main. Derrière chaque produit ou aliment se camouflent des heures et des heures de travail fournies par plusieurs de nos colocataires que nous n'avons jamais rencontrés.

On dit souvent que la nature est bien faite et qu'elle est intelligente. En effet, elle a diversifié ses ressources et ses êtres vivants, et elle communique avec elle-même en permanence. Maligne, elle a déjà adopté l'esprit collaboratif : son espace de co-working, c'est le monde ! Si vous restez dubitatif, je vous conseille d'aller voir le documentaire de Luc Jacquet *Il était une forêt* (2013), qui nous entraîne dans les forêts tropicales du Pérou, les forêts équatoriales gabonaises, mais aussi nos forêts françaises. Des premières pousses aux interactions entre végétaux, ou entre végétaux et animaux, tout nous est montré de façon très concrète. La nature est équilibrée, et son équilibre, elle l'a trouvé dans sa diversité. Elle a compris – bien mieux que nous – que les multiples interactions entre ses éléments constitutifs lui sont vitales pour perdurer. Elle sait que chacun des êtres vivants qu'elle abrite dépend de son écosystème. Si celui-ci n'est pas perturbé, chacun pourra vivre paisiblement dans le respect mutuel. Si, en revanche, il vient à être déréglé, alors la nature reprendra ses droits.

En 2016, j'ai co-animé une conférence au Forum de l'économie positive, et je me souviens d'avoir été bouleversée par le discours d'un indien Kogis. Tout de blanc vêtu, il se tenait au milieu de nous avec, dans le regard, un mélange d'humilité, de ferveur et de tristesse que je n'oublierai jamais. Il parlait sans détour des maux que nous infligeons à Mère Nature, à qui nous devons tant, à commencer par notre vie. Il décrivait notamment ses cours d'eau comme des veines : à force de dévier ou de boucher le sang qui y coule avec des barrages ou d'autres structures, nous allons lui faire mal, et elle va se réveiller. Tout comme nous : lorsque nous avons mal, nous crions – quand nous le pouvons.

Je ne crois pas à notre égoïsme, mais à notre altruisme

Arrêtons-nous un instant pour considérer ce que nous sommes en train de faire. Regardons en nous et écoutons ce que nous avons au fond du cœur. Notre égoïsme, notre lâcheté, notre cynisme, notre peur de l'étranger et de l'inconnu, je n'y crois pas une seule seconde. De manière plus raisonnée, l'altruisme est notre raison d'être pour vivre dans une société durable. Yann Arthus-Bertrand me disait en interview que, selon lui, c'est l'amour l'unique solution pour un avenir meilleur. Non, c'est n'est pas utopique, c'est réaliste. *Love, what else?* pourrait dire George Clooney.

Je suis sûre que votre cœur n'est pas insensible à la violence qu'un homme peut infliger à une femme et à ses parties génitales. Dans le monde, elles sont 200 millions chaque année à être excisées. Le temps des barbares est révolu. Il doit l'être. Et que dire de la violence infligée à un enfant que l'on berce avec des armes et que l'on oblige à devenir une machine à tuer ou à travailler dans des conditions miséreuses, sans lui donner la possibilité de devenir un citoyen libre de choisir son destin? Ou de cette haine qui fait s'entretuer des populations depuis des décennies, chacune ne sachant plus très bien ce que représente l'ennemi, lequel, lui aussi, souhaite voir grandir son enfant dans la paix. Et je suis presque certaine que les maltraitances que nous faisons subir aux animaux dans nos forêts, savanes ou abattoirs ne vous laissent pas non plus de marbre.

Le premier courage dont on puisse faire preuve, c'est celui de regarder nos exactions en face. Et, à ce spectacle, je suis convaincue que votre cœur palpite de rage et de tristesse. Car notre nature n'est pas de faire du mal, de massacrer, de violer, de tuer ou d'exterminer. C'est notre inventivité qui nous pousse à agir de la sorte. Nous avons dessiné des frontières, et nous nous obstinons à croire que le profit est ce qui peut nous aider à trouver le bonheur. Nos amis indigènes, comme les Kogis ou encore les Kayapos, doivent bien se gausser de nos modes de vie contemporains. Si notre schéma de société individualiste perdure, nous sèmerons davantage de chaos et d'inégalités. Le temps nous est compté.

Si le combat de Martin Luther King vous a touché, sachez que, du haut de son petit nuage, assis aux côtés de mon professeur aux gants à paillettes, il nous regarde avec ce même message aux lèvres : « Nous devons apprendre à vivre ensemble comme des frères, sinon nous allons tous mourir ensemble comme des idiots. » Souvenez-vous : en 1963, devant le Lincoln Memorial, à Washington, ce prix Nobel de la paix a dit qu'il avait un rêve. Désormais, nous avons la possibilité de rendre ce rêve réalité, car, dans une vie, une histoire de cœur change tout. Ensemble, nous pourrions lui répondre : « Aujourd'hui, nous avons un rêve, pas uniquement celui d'une nation, mais celui de l'humanité tout entière, le rêve qu'elle s'éveille pour sauver son espèce ! »

Ça vous dit de faire un rêve prémonitoire ensemble ?

CHAPITRE VIII
Vous avez dit résilience ?

« On est là pour changer le monde ! »

Je suis dans le jardin de ma mère, à la campagne, dans le sud de la Seine-et-Marne. Un second Disneyland est en train de se construire. Toits de tuiles bleues, murs couleur crème, maisonnettes en bois, bâches de plastique, tracteurs et pelleteuses... Bâtir un second complexe Disney sans mon attraction préférée, Captain Eo en 3D, que je ne manquais sous aucun prétexte lors de mes dizaines de virées dans le parc avec mon père, me semble inimaginable.

Je me faufile entre les nouveaux escalators et les décors immenses pour trouver ce fameux cinéma et son héros, Michael Jackson. Michael ? Où es-tu ? Où se cache ton vaisseau en forme de berlingot ? Ah, enfin, voilà la salle, avec son écran géant. Vêtu d'un costume blanc de cosmonaute, Michael Jackson, alias Captain Eo, s'approche de moi, me tend les mains avec un sourire éclatant et, comme dans le film, me chante ! « We are here to change the world ! » « On est là pour changer le monde ! » Il me fait danser, mes mains dans les siennes.

Mais à quoi bon, puisque tu m'as abandonnée ? Lui dis-je. Pourquoi es-tu parti si vite, sans même me laisser le temps de te rencontrer ? Pour toute réponse, il continue de me répéter ce refrain en boucle. Fort. Très fort. Je le vois gesticuler, comme à son habitude. J'ai envie de le suivre, mais je n'arrive pas à trouver le rythme. Mes bras tombent, je me sens seule. Pourquoi m'as-tu abandonnée ?

Une solitude extrême m'envahit, jusqu'à ce que je me réveille. J'ouvre les yeux, enfin j'essaie. Ils sont tout humides, et mon cœur est anéanti. Michael vient de repartir en une fraction de seconde dans son nouveau ranch au Paradis, me laissant seule avec mes larmes pour commencer ce samedi matin. J'allume mon iPhone et j'écoute ce titre qui vient de me réveiller, surtout ce refrain : « On est là pour changer le monde, on va le changer, hee hee ! »

Pendant tout le week-end, j'ai le moral dans les chaussettes, car même si « nous sommes là pour changer le monde », comme dit la chanson, je traverse à ce moment-là une période très incertaine de mon existence. Mais de ce rêve si fort qui, d'une certaine manière, était réel, je retiens tout de même une leçon : j'ai peut-être quelque chose à faire d'utile, et je dois reprendre confiance en moi.

Depuis, dès que j'ai un moment de doute, j'écoute cette chanson. Elle est aussi solaire que ses paroles, elle me met de bonne humeur et me fait revivre des moments joyeux partagés avec mon père. Ce rêve est arrivé à point nommé dans ma vie. Il a surgi au moment où j'en avais vraiment besoin, comme pour m'aider à sortir de ce gouffre dans lequel je m'enlisais. Chacun son coach, son guide. Ce matin-là, j'ai senti le mien. #ThisIsIt #Renaissance

La singularité ? Une opportunité !

Écouter mon cœur m'a non seulement menée sur la voie de la guérison, mais m'a aussi fait découvrir des mondes que je ne connaissais pas. Je n'aurais jamais réalisé ce début de carrière si je n'avais pas appris à lire les signes de la vie.

Mon meilleur manuel d'apprentissage a été le conte philosophique *L'Alchimiste*, de Paulo Coelho. Dans ce livre qui s'est vendu à des millions d'exemplaires à travers le monde, et dont le message est bien plus complexe et raffiné que certains esprits chagrins ont bien voulu le dire, Coelho invite chacun d'entre nous à cesser de subir son destin et à apprendre à lire les signes que l'univers nous transmet, de façon non pas sectaire ou délirante, mais créative et inspirée.

Le rêve que j'ai décrit, je l'ai pris comme un signe. C'est comme ça que je l'ai ressenti, et il m'a stimulé pour la suite. Toutes les rencontres que j'ai pu faire dans cette nouvelle voie et cette nouvelle vie me l'ont confirmé. Et si j'y suis arrivée, c'est parce qu'à un moment donné j'ai décidé, enfin, de faire confiance à une personne: moi-même.

Pas évident de se faire confiance, vous le savez sans doute. C'est tellement plus simple de mettre les autres sur un piédestal, de se sous-estimer, voire de se victimiser. Et pourtant, croire en soi est l'ultime clé pour se dépasser, réaliser ses désirs, atteindre ses rêves et même déplacer des montagnes. Si je n'avais pas pris le risque de quitter mon travail de journaliste «animalière», je n'aurais jamais foulé le sol du Bangladesh. Je n'aurais jamais ressenti les émotions qui m'ont envahie lorsque j'ai croisé le regard des réfugiés rohingyas. Ces injustices n'auraient jamais éveillé mon désir de devenir une militante.

Aujourd'hui, mon cœur sait mieux que jamais la chance qu'il a de pouvoir battre, et il sait que, quelque part, c'est grâce à ces personnes qu'il doit dorénavant ses battements. Avancer. Évoluer. Se perfectionner sur le plan moral. Apprendre. Transmettre. Avancer encore. Que de nouveaux projets qui rythment ces nouvelles journées!

Pour y parvenir, j'ai choisi le chemin de la résilience. J'ai choisi de dépasser mes limites. J'ai choisi de partir faire des interviews avec ma faiblesse au creux des mains, signée par ces «Photos-Cœur». Chaque interview me rappelle ma renaissance. J'ai eu peur de la mort. J'en ai toujours peur. Mais, désormais, c'est ce qui fait ma force. Pourquoi ? Parce que je sais qu'à tout instant on peut mourir.

Alors, chaque matin, je ne me fixe aucune limite – seulement des objectifs. La peur de ne pas y arriver ? Je n'y pense pas. Interviewer les influenceurs les plus humanistes de ce monde pour inspirer le plus grand nombre de personnes, j'y crois, mon cœur y croit, et c'est pour ça qu'il bat. J'ai décidé de vivre.

Et pourtant, cinq mois après mon intervention, un jour de décembre 2014, j'ai failli dire « Stop ».

Adieu, Lexomil

J'étais sans travail, assaillie de doutes sur mon parcours professionnel, épuisée par les bêta-bloquants, nostalgique des fêtes de Noël que je passais avec mes deux grand-mères italiennes quand elles étaient encore en vie, mon compte en banque était à sec, mes relations familiales tantôt houleuses, tantôt inexistantes. Assise par terre dans ma chambre, j'ai regardé mon tube de Lexomil et j'ai fait le bilan. Pas d'enfants. Pas de liens familiaux sensationnels, si ce n'est mes sœurs et les appels réguliers de mes grands-parents restants. Pas de boulot. À qui allais-je manquer si j'avalais d'une traite le contenu de ce tube d'anxiolytiques blanc et vert ?

J'ai voulu le faire. Je me suis vue le faire. J'allais le faire. *We are here to change the world, hee hee.* Tout à coup, l'image de mon cadavre étendu sur le lit m'a sauté aux yeux et l'odeur nauséabonde d'un corps en putréfaction m'a prise à la gorge. Alors quoi, Cyrielle, c'est cette image de toi, tout sauf glamour, que tu veux laisser sur cette terre ? As-tu envie que de beaux pompiers te découvrent en train de te décomposer parce que tu n'as pas fait le choix de vivre ? Veux-tu vraiment quitter volontairement ta mission de Terrienne à 27 ans, sans avoir pris le temps de vivre avec ce nouveau cœur ? Euh, vu sous cet angle, après réflexion… oh que non !

C'est à ce moment précis que je me suis souvenue de mon rêve et que j'ai décidé, de toutes mes forces, de faire confiance à la Vie.

La résilience face aux maux de la société et à ceux du corps

Une fois ce moment « morbide » passé, j'ai suivi les paroles de mon guide et celles de Coelho pour partir à la rencontre de personnes qui ont décidé, eux aussi, de voir la vie avec le verre à moitié plein. Mon expérience m'a permis de constater qu'il y en avait de deux sortes de personnes résilientes. Il y a celles que nous avons croisées dans les pages précédentes, qui trouvent des solutions pour panser nos plus grands maux : changement climatique, pauvreté, malnutrition, insécurité alimentaire, épidémies, catastrophes naturelles, etc. Et il y a celles qui, à cause d'une maladie ou d'un accident, ou peut-être *grâce* à eux, se sont surpassées et transformées.

Noémie Caillault n'a pas encore 30 ans quand elle apprend, lors d'une visite de routine chez sa gynécologue, qu'elle est atteinte d'un cancer du sein. Malgré la fatigue consécutive aux séances de chimiothérapie, elle décide d'en faire sa force. Elle rêvait de vivre de son métier, la comédie. Alors elle commence à se produire sur les planches avec son one-woman-show *Maligne*. Elle y partage ses mésaventures de malade et sa peur de la mort avec un humour aussi acide que salvateur.

Michael Jérémiasz est champion de tennis en fauteuil, quadruple médaillé paralympique dont l'or à Pékin en 2008. Sa vie a basculé en 2000 lors d'une chute à ski. C'est là, m'a-t-il dit, qu'il a réalisé probablement son plus beau saut mais très certainement sa plus mauvaise réception.

Après 9 h d'opération et des mois de rééducation, aujourd'hui il est paraplégique incomplet, c'est-à-dire qu'avec un appui il peut se tenir debout. Pour l'anecdote, en décembre 2017 lors de la cérémonie de remise des prix des lauréats de la Fondation La France s'engage de François Hollande, je l'ai même confondu avec son frère, brun et barbu comme lui lorsque je l'ai vu remettre son fauteuil dans le coffre et s'asseoir sur le siège du conducteur. Cet ancien champion était venu remettre le prix sur le handicap, car lui-même est co-fondateur d'une association, comme les autres, qui propose des séjours à sensation fortes pour personne handicapée : ski, plongée sous glace, etc. Aujourd'hui il dit voir son fauteuil comme un outil d'autonomie et non de handicap car il lui permet d'explorer… Il a monté également sa boîte de conseil et organise des évènements pour changer de regard sur le handicap…

Nicolas Huchet, 34 ans, a perdu sa main à l'âge de 18 ans à Rennes alors qu'il travaillait en tant qu'ouvrier dans une usine de métallurgie. Aujourd'hui, son association My Human Kit fabrique des prothèses de mains comme la sienne avec l'impression 3D, avec des documents gratuits et libre d'accès. Cela lui permet aujourd'hui d'ouvrir le champ des possibles et de se lancer dans une nouvelle voie, celle de l'entreprenariat social. Quand il est venu chez Europe 1 pour que je lui fasse son portrait, début 2018, tous étaient bouche-bée devant son sourire et sa main en plastique articulée avec laquelle il serrait les nôtres, comme si de rien n'était. Aujourd'hui, Nicolas Huchet fait des conférences, et trouve des fonds pour dupliquer ses « Human Lab » à travers la France.

Dorine Bourneton devient paraplégique à 16 ans. L'avion dans lequel elle se trouve se crashe sur le flanc d'une colline. On l'en extrait après 12 h de recherches. Elle est la seule survivante. Vingt-quatre ans plus tard, elle devient la première pilote paraplégique de voltige au monde et crée une fondation pour permettre aux personnes handicapées la réalisation de leurs rêves.

Ils sont des dizaines, des centaines de milliers comme eux : devenus des survivants, ils ont dû choisir entre deux nouvelles vies. Celle de la victimisation, de la résignation, de l'abandon, de l'échec. Ou celle du dépassement de soi, de la transformation d'une faiblesse en force et en moteur. Une nouvelle opportunité de vivre de façon plus vaste, plus exigeante, plus grande. #RemèdeRésilience

Chaque fragilité ou faiblesse amène à faire de grandes découvertes. Et devinez quelle est la plus enrichissante et la plus surprenante de toutes ? La découverte de soi. Cela n'a rien à voir avec de l'égoïsme. Au contraire, c'est en partant à la rencontre de soi, d'un soi caché dont on ignorait tout jusqu'alors, qu'on peut, ensuite, s'ouvrir aux autres avec plus d'empathie, plus de maturité, plus d'intensité.

Peu importe l'aventure choisie : qu'il s'agisse d'apporter des solutions face aux cataclysmes, aux guerres ou aux fléaux qui menacent l'avenir de l'humanité ou de vivre avec ses différences, tous ceux qui choisissent de se faire confiance se découvrent de nouvelles facettes, de nouvelles forces, et même des passions.

Et, par la force des choses, ce sont eux qui viennent ensuite nous guider à travers leurs conférences, leurs films ou leurs livres. Car ils ont des histoires à nous transmettre. Des histoires qui peuvent, à leur tour, nous inspirer. La résilience, un chemin qui se tente !

CHAPITRE IX
Tous en scène !

Septembre 2017. Un ami me propose de le rejoindre à Chicago. Je réalise que la ville de Gary est toute proche – une cinquantaine de kilomètres. Gary, dans l'Indiana, c'est la ville de la maison d'enfance de Michael Jackson, comme je me le rappelle grâce à une phrase apprise par cœur : « Il est né le 29 août 1958 à Gary, dans l'Indiana. »

Certains se rendent à Lourdes. D'autres à la Mecque. D'autres encore au Mur des lamentations. Moi, mon premier pèlerinage, à 30 ans, je le fais là où mon professeur a connu ses premiers traumatismes. C'est là qu'un enfant humilié et battu a trouvé la force de refuser d'avoir l'âme en miettes, là que s'est forgé le destin d'un gamin noir et pauvre devenu la plus grande star de la pop music à ce jour.

Mon ami et moi mettons quasiment une heure à rallier Gary depuis Chicago. À peine entrés dans cette petite ville modeste, impossible de s'y tromper : nous tombons nez à nez avec une fresque murale gigantesque des Jackson Five en noir et blanc. Drôle de coïncidence : nous sommes le 29 septembre, et c'est la Journée mondiale du cœur.

La fébrilité commence à monter en moi. Dans la voiture, le cœur battant, je joue *Man in the Mirror*. Et devant le 2300 Jackson Street, l'adresse de la famille Jackson, j'explose en sanglots. Je fais le tour de la maison. Je ressens des émotions profondes qui prennent racine dans mon enfance. Je n'arrive pas à mettre des mots dessus. Alors, je me raccroche aux mots des autres.

Sur trois pancartes blanches attachées aux grilles qui encerclent la maison, on peut lire des centaines de messages d'amour et d'hommage en plusieurs langues. Malgré tout le mal qu'on a pu entendre sur lui, y compris post mortem – l'absurdité et l'indécence n'ont pas de limites – je réalise avec fierté que nous sommes un très grand nombre à avoir eu mon professeur comme figure inspirante, ou père, ou frère d'âme, ou que sais-je encore...

Je décide de déposer également mon témoignage. Mais il reste si peu de place pour écrire, et j'ai tant à lui dire ! Finalement, je trouve un endroit adéquat : sur l'une des poubelles blanches qui ornent la devanture de la maison. Oui, une poubelle ! Au moins, je suis sûre que personne n'ira recouvrir mon message, qui commence par ces mots : « *My first changemaker...* »

Quelque part, bien loin d'ici, dans un autre jardin – ou peut-être au fond est-ce le même –, une toute petite fille aux longues boucles blondes sourit. Elle sourit comme je ne l'ai jamais vue sourire, et fait un cœur avec les mains.

Beaucoup de gens m'écrivent pour me demander par où commencer pour changer de vie et travailler à faire de notre planète un lieu viable pour les générations futures. Pour devenir un *changemaker*, la première étape est très simple : écoutez votre cœur. Écoutez les signes qu'il vous envoie, comme le recommande Coelho. Être à son écoute, c'est cesser de chercher à tout prix à être comme les autres. C'est arrêter de faire semblant. C'est s'ouvrir un champ de possibles et s'aligner avec qui on est vraiment.

Laissez-vous guider par ce que votre cœur vous murmure, notamment lorsqu'il se gorge d'émotions. Cherchez en vous ce qui vous retourne et vous bouleverse le plus. Les émotions sont vraies, elles ne peuvent mentir. Frissons de plaisir, larmes de bien-être, voilà des signes purs à relever avec attention pour mieux vous connaître. L'essence même de votre être sera le moteur de vos actions, car ce qui vous touche vous motive à passer à l'action.

Réfléchissez à ce qui pourrait vous donner envie de vous lever chaque jour : créer votre forêt, fonder votre bateau-hôpital, interviewer l'artiste le plus doué de sa génération, autre chose encore… ? Cette quête vous mènera là où jamais vous n'auriez pensé aller un jour. Se connaître soi-même passe par la découverte de l'inconnu, de l'autre puis du monde. Nouvelles expériences, nouvelles connaissances et nouvelles émotions, c'est une aventure au cours de laquelle une nouvelle facette de vous va apparaître.

Le renouveau est partout. Il balaie le passé pour faire place à un présent qui nous ressemble. Sauf que, cette fois, votre cœur ne bat plus uniquement pour vous, mais aussi pour cet inconnu avec lequel il vient de faire connaissance. C'est comme si un nouveau cœur vous conduisait vers une nouvelle vie. Quelque chose qui m'est familier, tout comme à ces *changemakers* qui redessinent notre monde.

Un jour, une expérience de vie vous ouvre les yeux, et *de facto* le cœur. Dès qu'on trouve le sens, notre vie change de dimension, elle renaît. Tous ceux qui l'ont vécu le savent. Se lever chaque matin pour être *utile* à des personnes, à des causes ou à notre écosystème, ça fait aller mieux. Et mieux vous allez, plus vous pouvez, par un cercle vertueux, apporter de bonnes choses autour de vous, à commencer par vos proches, vos amis, votre entreprise, vos enfants – ou ceux des autres ! En mettant du sens dans nos actions, nous amplifions notre devoir de citoyen responsable en même temps que nous nous réalisons.

Mettre au monde votre propre initiative, celle qui sort de votre être et résonne avec qui vous êtes, c'est vous offrir une seconde vie. N'hésitez plus si vous en avez l'envie, n'économisez pas vos efforts et réalisez votre propre projet. Croyez-moi, s'il sert l'intérêt général, il vous le rendra au centuple. Donner, c'est recevoir, et quand on reçoit de ceux qu'on aide, ça n'a pas de prix. Votre cœur enflera de joie – effet garanti. Le bonheur est dans l'empathie et dans l'altruisme.

Vous doutez encore ? Plongez en vous-même et regardez de quoi ont été faites vos blessures et vos douleurs : d'orgueil, de chagrin et de colère. Souvent, nous sommes orgueilleux, tristes ou en colère parce que nous avons peur : peur de perdre quelqu'un ou de nous perdre, peur de manquer, peur de l'étranger, peur de mourir. Le bonheur arrive quand votre cœur a été écouté et quand vos peurs ont été dépassées.

N'essayez pas de rentrer dans des « cases », comme vous y invite notre société bien-pensante. Attendre sagement que quelqu'un gère votre vie, en avez-vous réellement envie ? Le monde meilleur est aux portes de votre cœur. Ce monde, c'est le nôtre, c'est le vôtre, c'est notre survie à tous. Faites valoir votre différence. La singularité, c'est la clé. Une société n'est riche que lorsqu'elle est diverse, n'en déplaise à ceux qui tentent de construire des murs entre les peuples. Que c'est beau d'être différent, de penser et d'agir différemment ! #Mazeltov #Alléluia #Inchallah #Namaste et même #Eurêka !

Et quand on vous rétorquera que votre idée n'est pas réalisable parce qu'elle détone, qu'elle n'est pas conforme, qu'elle est bizarre, ambitieuse, vous penserez aux *changemakers* : eux aussi, on leur a dit que leur projet était impossible à réaliser. Alors, ils ont tout fait pour le rendre possible. Hier, ils étaient fous, utopistes, rêveurs.

Aujourd'hui, ce sont des exemples, des visionnaires, des prix Nobel.

J'en suis intimement persuadée : nous portons tous en nous la petite graine du changement. Au plus profond de notre cœur, nous savons que nous ne sommes pas sur terre pour nous vendre corps et âme à la grosse machine productrice de richesses infinies, qui pille notre planète et affaiblit notre hygiène de vie. Nous souhaitons tous nous réaliser en tant qu'êtres humains, accomplir de grandes choses, vivre en harmonie avec ceux qui nous entourent.

Malheureusement, cette petite graine a de plus en plus de mal à germer, victime des pesticides que la société de consommation lui applique au quotidien. Voilà pourquoi les *changemakers* jouent selon moi un rôle capital : ils sont le compost qui va permettre à toutes nos petites graines de germer pour que, tous ensemble, nous puissions bâtir un monde riche de sa diversité, durable, respectueux et harmonieux.

Ta-dam, c'est l'heure d'entrer en piste ! Alors :

Êtes-vous prêt(e) à croiser un regard qui changera votre vie et vous mènera sur la route de votre découverte et de l'engagement ?

Êtes-vous prêt(e) à écouter votre cœur et ses battements, et à signaler ses palpitations à qui de droit ?

Êtes-vous prêt(e) à devenir un pilier de notre société en commençant par épauler les plus fragilisées, à savoir les femmes ?

Êtes-vous prêt(e) à accueillir dans votre cœur nos 10 millions de frères et sœurs apatrides en les aidant à faire reconnaître leurs droits citoyens ?

Êtes-vous prêt(e) à vous aimer, puis à aimer le monde et sa diversité ?

Êtes-vous prêt(e) à mettre au cœur de votre quotidien le respect de notre planète, dont dépend notre humanité ?

Êtes-vous prêt(e) à favoriser l'élan d'une société plus collaborative, plus bienveillante et plus solidaire ?

Êtes-vous prêt(e) à dire adieu à vos peurs et à faire connaissance avec l'inconnu ?

Êtes-vous prêt(e) à écouter celui qui renferme l'essence de votre être et à faire de lui votre principal guide ?

Êtes-vous prêt(e) à faire le premier pas – car OUI, il pourrait donner naissance à un mouvement aussi légendaire que le Moonwalk ?

Êtes-vous prêt(e) à écrire votre histoire de cœur pour devenir un *changemaker* ?

Maintenant, regardez-vous dans un miroir et, du fond de votre cœur, découvrez le nouveau *CHANGE-MAKE-CŒUR* que vous êtes devenu(e) !

À très vite pour faire une « Photo-Cœur » ;-) #Photo-Coeur[1]

---

1. Voir en fin d'ouvrage.

Cardio-conseils

Et si on essayait d'abattre ce fléau
des maladies cardiaques : *WHAT HEALTH* ?

 Les principaux facteurs de risque sont liés à notre hygiène de vie «so xxie siècle», aussi stressante et rapide que le flux d'information et les notifications des réseaux sociaux qui emplissent nos journées.
 Vous avez peu de temps, je le sais. C'est pourquoi j'ai lu pour vous les recherches indispensables et fait des rencontres stimulantes qui me permettent de vous souffler quelques conseils et solutions simples et concrets.
 Au sujet des «cardiopathies acquises» – les maladies cardiovasculaires que nous contractons durant notre vie (crise ou insuffisance cardiaque, AVC, etc.) –, je me suis notamment inspirée d'Isabelle Weill, présidente de la fondation Ajila et fondatrice du mouvement «Sauvez

le cœur des femmes », ou encore de Catherine Llorens-Cortes, directrice de recherche à l'INSERM et professeur au Collège de France.

Toutes deux m'ont confortée dans l'idée qu'il est important de mettre l'accent sur les femmes. Non pas qu'elles soient particulièrement féministes, mais parce que le genre, sans qu'on le lui ait demandé, s'est invité sur ce terrain aussi… *Stay tuned*, on en reparle dans quelques lignes… #WomenHeartTeaser.

Un cœur allergique aux embouteillages

Avant de nous intéresser aux solutions, apprenons à comprendre pourquoi notre cœur fait des siennes. La réponse est simple : il fait dans le mimétisme. Il fonctionne comme vous, son propriétaire. Quand ses voies sont bouchées par des dépôts graisseux, ses artères et vaisseaux sanguins s'obstruent ; alors, il manque d'oxygène et de sang, se stresse, s'emballe ou s'arrête. Donc, pour le calmer et lui dire : « *Keep cool, mi corazón, ça va bien se passer* », épargnez-lui au maximum tous ces morceaux de gras qui embouteillent et interrompent son fonctionnement.

Une hygiène de vie reposant sur une activité sportive régulière, une alimentation saine, riche en fibres, et des boissons naturelles avec minéraux (sans additifs chimiques, sucre ni colorants), c'est le premier ingrédient du « Menu Bonne Santé ». Une recette universelle où les végétaux sont plus que bienvenus – votre cœur vous le rendra bien. Avoir le cœur léger, c'est possible, et sans cholestérol la vie est plus folle !

Les fibres aident à faire fonctionner notre tuyauterie intestinale, longue d'environ sept mètres : elles lui permettent de bien digérer et d'évacuer, et ça, c'est indispensable pour éviter les dégâts… En somme, tout ce que vous risquez, c'est d'être en meilleure forme, d'avoir un teint éclatant, un sourire encore plus rayonnant, le tout en faisant un joli bras d'honneur aux pathologies cardiaques et cancéreuses.

Et si on parlait maintenant du dépistage pour les malformés cardiaques ?

Famille « Pas de bol » : les cœurs fragiles de naissance

Tous ceux qui ont une cardiopathie congénitale, comme moi, font partie de la famille « Pas de bol ». Ils ont un double challenge à relever : en plus d'avoir une hygiène de vie « zéro dépôt », ils doivent se faire dépister tôt pour bénéficier d'un suivi médical [1].

Pour ma part, avant que le diagnostic tombe, à 27 ans, mon cœur troué a tenu le coup – plongée sous-marine, jogging, boxe, gym suédoise… –, même si parfois il me faisait cracher mes poumons plus que les autres ou être rouge comme une tomate. Être essoufflée faisait partie de mon quotidien, comme me laver les dents ou parler toute seule.

---

1. Les maladies cardiaques congénitales concernent environ une naissance sur cent dans le monde. En France, on compte près de 7 000 nouveaux cas annuels. Selon l'association France Cardiopathies Congénitales, plus de 350 000 personnes en seraient atteintes dans notre pays.

Ainsi, le gros danger, dans cette famille, c'est l'absence d'information. Plus vous serez dépisté(e) tôt, plus vous aurez de chances d'avoir une espérance de vie digne de ce nom, surtout si vous êtes une femme et souhaitez avoir des enfants.

Voici quelques précisions au sujet de ces pathologies aussi méconnues que dangereuses.

Don Juan CIA et Mister CIV

Les deux maladies les plus courantes sont les CIA, communications interauriculaires – c'est la mienne –, et les CIV, communications interventriculaires. Je sais, ce n'est pas facile à prononcer. Ça m'a fait ça aussi en 2014 : « Inter quoi ? » Vivement le jour où les médecins trouveront des noms intelligibles pour le commun des mortels...

Ces deux pathologies correspondent à une ouverture anormale due à l'absence de tissu entre les deux parties du cœur, la droite et la gauche, c'est-à-dire celle qui pompe le sang pauvre en oxygène et celle qui pompe le sang riche en oxygène. En clair, comme expliqué dans nos cours de SVT, nous avons deux parties, la bleue et la rouge, qui ne doivent pas communiquer. Donc les personnes atteintes d'une de ces pathologies ont un « trou » – ou « shunt », pour parler comme les spécialistes – entre ces deux parties, soit au niveau des oreillettes, soit au niveau des ventricules.

Les personnes atteintes d'une CIA ont une dilation ventriculaire : on parle alors de surcharge cardiaque.

Elles ont un cœur droit plus «généreux». Cette malformation augmente le travail de leur cœur et de leurs poumons. Du coup, elles s'essoufflent, et leur espérance de vie est réduite à une peau de chagrin. Être pris en charge à temps est tout l'enjeu.

Cette pathologie a une particularité: la parité n'est pas son fort. Ce Don Juan a décidé de faire de la gent féminine sa cible privilégiée. Ainsi, il touche les femmes dans sept cas sur dix. De quoi obtenir bientôt un «tarif groupe» si l'on continue sur cette dynamique. Mesdames, soyez vigilantes face à ce séducteur de pacotille et à son caractère asymptomatique, car il a une fâcheuse tendance à faire chavirer notre cœur.

Mister CIV, quant à lui, est plus paritaire: il semble viser autant les filles que les garçons.

Mister FOP

Autre anomalie cardiaque: le foramen ovale perméable (FOP). C'est une ouverture entre l'oreillette gauche et l'oreillette droite, due à l'absence de fusion de la membrane qui les sépare. Ce trou, situé au même endroit que celui de la CIA, est plus petit, mais pas moins dangereux. Un FOP peut également engendrer des complications: pas de jaloux chez les «Pas de bol»! Ainsi, lors d'une grossesse ou d'un accouchement, il peut entraîner une embolie «paradoxale» et un accident cardiovasculaire, le fameux AVC. Traduction: un caillot se forme dans nos veines, passe par ce petit trou dans le cœur et arrive à notre cerveau par la circulation artérielle. Les FOP sont donc à surveiller, notamment chez les femmes qui envisagent une grossesse.

Vous devez être tout aussi assommés que j'ai pu l'être, mais au moins vous voilà informés. Sachez aussi qu'il existe quelques bonnes nouvelles : il est possible de diminuer ces risques et de « reboucher » ces trous ou shunts en quelques minutes.

Des « parapluies » à la rescousse des cœurs troués

J'ai assisté à trois opérations de ce type, deux fermetures de FOP et une CIA. Un matin de décembre 2016, à l'hôpital Bichat, dans le XVIIIe arrondissement de Paris, trois femmes se sont succédé sur la table d'opération.

J'étais aux côtés de mon cardiologue interventionnel, le docteur Pierre Aubry. J'avais besoin de faire le deuil de mon traumatisme émotionnel et de comprendre ce que j'avais vécu. J'ai été stupéfiée et bouleversée par ces trois femmes : elles sont arrivées au bloc opératoire sans verser une larme – l'une d'elles plaisantait même avec l'anesthésiste.

En une matinée, ces trois femmes ont été guéries grâce à une simple incision au niveau de leur aine. Un fil, un « parapluie » et un cathéter ont suffi à soulager le travail de leur cœur à vie. Humilité et sérénité se lisaient sur les visages de l'équipe médicale après chaque intervention réussie.

Je n'ai pas pu parler à ces femmes ni les prendre dans mes bras, mais mon cœur battait avec le leur durant toute l'intervention. J'étais fière d'être présente au moment où leur santé s'améliorait sous mes yeux. Ce parapluie que nous avons désormais toutes en commun, nous, « sœurs de cœur », battra en nous jusqu'à notre dernier souffle. Je suis ressortie à la fois émue et énergisée.

Après mon intervention, j'ai pris durant six mois du Kardegic pour fluidifier mon sang et des bêta-bloquants. Je ne le nierai pas : pendant cette période, la fatigue m'habitait pratiquement du matin au soir. Régulièrement, mon cardiologue me posait des holters pour vérifier la présence d'extrasystoles, ou troubles du rythme cardiaque, que j'avais de temps en temps. Plus de peur que de mal, au final, car j'ai eu la chance d'être dépistée « à temps ». En plus d'avoir été réparée, maintenant j'arrive même à déceler ma prothèse à l'échographie. Comme quoi, tout est possible, y compris devenir green, vegan et une pro de l'écho cardiaque !

Dans la grande famille « Pas de bol », on trouve aussi les personnes atteintes de PDA (persistance du canal artériel) ou encore d'une coarctation de l'aorte. Encore des noms imprononçables. Mais attention : imprononçable ne doit pas vouloir dire indétectable. Diminuer nos risques, c'est possible : ça commence par le bon diagnostic et un examen adapté.

Opération « Dépistage des cœurs troués »

Le danger, c'est de ne pas savoir qu'on est malformé de l'intérieur de naissance. Beaucoup de personnes, dont moi, pensent qu'il faut réadapter notre dispositif de santé. Mon cardiologue interventionnel, le docteur Pierre Aubry, préconise un bilan cardiovasculaire pour tous à l'âge de 12 ans. Selon lui, un examen à cet âge serait pertinent pour diagnostiquer une malformation congénitale et étudier sa sévérité.

On l'a vu, une naissance sur cent est sujette à une malformation cardiaque, mais certaines se résolvent d'elles-mêmes, de manière naturelle, durant la croissance. Ça, c'est pour les chanceux. Pour nous, les « Pas de bol », la mission est d'aller au-delà du simple interrogatoire d'un médecin généraliste ou de l'électrocardiogramme. Pour repérer ces trous crapuleux discrets, rien de tel qu'une spécialiste : l'échographie. Renseignez-vous auprès de la sécurité sociale ou de votre mutuelle pour connaître les remboursements et franchissez le pas : cela peut valoir le coup.

À LA CHASSE AUX DÉPÔTS GRAISSEUX : OBJECTIF « ZÉRO DÉPÔT » !

#CardioConseil 1 – *Je m'aère les poumons, l'haleine et le cœur*

Effet de mode ou résultat du stress, le tabagisme, qui concerne près d'un milliard de personnes dans le monde, fait partie des principaux facteurs qui fragilisent notre cœur : 6 millions de décès par an « à son actif » ! Ces petites feuilles minutieusement roulées présentent plusieurs dangers : elles encrassent nos poumons, nous donnent mauvaise haleine et, bien sûr, affaiblissent nos battements cardiaques. Du 3 en 1 pour être emporté plus rapidement par Madame la Faucheuse – en plus, avec des dents jaunes !

Inhaler du mercure, de l'arsenic ou encore du monoxyde de carbone, c'est la recette idéale pour récolter inflammation des vaisseaux sanguins, formation de caillots, essoufflement ou spasmes. Une recette explosive, 100 % nocive, qui nous détériore aussi bien à l'extérieur qu'à l'intérieur.

En un mot, le tabac, c'est une sorte de « Fast Pass », comme à Disneyland, à cette différence près que les loopings, vous les ferez au Paradis, et non dans l'attraction Indiana Jones. On pourrait dire aussi qu'il est comme le H de Hawaï : il ne sert à rien. Avec lui, pas le temps de se prélasser, la vie trépasse. #BeauProgramme #SansMoi #EtVous ?

La petite fille qui se prenait pour une adulte

Je devais avoir 8, 10 ans ; j'étais à l'école primaire. À cause de la séparation de mes parents, je passais beaucoup de temps avec mes grands-mères.

L'histoire de la famille de ma mère puise aux sources de la Méditerranée. Mon arrière-grand-mère, Maria, et ma grand-mère maternelle, Franca, étaient italiennes, originaires de la région de Parme, dans le Nord. Il y avait une sorte de tradition familiale : tout le monde parlait fort, restait pendant des heures à table à déguster les délicieux mets italiens, et la plupart étaient des fumeurs de cigarettes.

Les yeux à demi-cachés derrière mes bouclettes blondes, j'observais ces personnes à la peau halée et aux cheveux de jais, toujours une cigarette ou un cigare à la main. Lors de ces longs repas, un nuage intense de fumée nous enveloppait. Apparemment, il n'y avait que moi qui le voyais et que ça dérangeait. Mes yeux me piquaient, mes poumons m'obligeaient à tousser, mais eux continuaient à refaire le monde – ils parlaient, parlaient, parlaient encore, jusqu'à ce que les cendriers soient remplis à ras bord de cendres et de mégots. J'imagine que la fumée de tabac n'était pas l'odeur préférée de mon trou cardiaque... Mais, à cette époque, j'ignorais tout de son existence.

Arriva ce qui devait arriver. Un jour, pour faire comme eux, puisque j'étais des leurs, j'ai voulu essayer. C'est comme le chocolat, difficile de résister ! Le tabac, je l'associais à l'univers des adultes bons vivants. Moi aussi, je voulais être une bonne vivante, une « grande ». Chez mamie Marie, tout le monde laissait traîner ses paquets de cigarettes éventrés. Se fournir était d'une facilité déconcertante. Cachée dans le jardin, je singeais les attitudes des adultes, je jouais à la maîtresse d'école, je distribuais des remarques à mes élèves imaginaires sur leurs résultats, le tout la cigarette au bec. Mon arrière-grand-mère était diabétique. Tous les matins, une infirmière venait lui faire sa piqûre d'insuline. Je ne sais pourquoi, un jour, l'infirmière m'a posé cette question sortie de nulle part : « Cyrielle, tu fumes ? » Quelle idée absurde ! Je suis à l'école primaire, je suis une petite fille, bien sûr que non, voyons ! Les yeux rivés sur le sol de la cuisine, je lui ai répondu : « Heu, non, non ! » Elle a sorti de sa poche un jeton de Caddie. Il était rose et noir. Elle m'a demandé de quelle couleur j'aimerais que soient mes poumons. Les yeux écarquillés, je lui ai dit : « Roses ! »

Aujourd'hui, il y a des photos répugnantes sur les paquets de cigarettes pour nous montrer les dégâts engendrés. Moi, je n'ai pas eu besoin de ça ; mon imagination a suffi, et je n'en manquais déjà pas à cet âge. Cela m'a coupé toute envie illico presto. J'entends encore l'infirmière : « Si tu veux garder tes poumons roses, il ne faut pas fumer, sinon ils deviendront tout noirs et tu seras malade. Ce n'est pas ce que tu veux, n'est-ce pas ? »

Il suffit parfois d'une bonne rencontre pour infléchir un destin.

Parlons maintenant d'un acolyte du tabac : l'alcool. Lui non plus n'est pas propice au bon maintien de notre petite pompe. La modération est de mise quand il s'agit de sa « descente ». Cela permet d'éviter les cuites, les effondrements inopinés, les coulées de vomi, et surtout de réduire le nombre de décès par an sur notre territoire – 49 000 aujourd'hui. Sans tabac et avec un tout petit peu d'alcool, la vie peut être plus folle, et même plus longue ! En bonus, vous faites des économies, vos poumons sont moins charbonnés, votre cœur est enchanté et vous arborez un sourire plus « bright ». Un atout non négligeable pour vos prochains #selfies.

Vous riez ? Faites le test pendant une soirée. Avez-vous vraiment besoin de ce verre pour soutenir une discussion ou aborder cette personne qui vous plaît ? De mon côté, je ne bois que du vin rouge, à raison de deux verres par semaine, et je m'octroie trois, NON, deux coupes de champagne maximum. Au-delà, de toute manière, mon petit gabarit ne répond plus, il se met en mode « pompette ».

Mais je connais une arme infaillible pour reprendre ses esprits, retrouver un air « digne » et un regard frais : l'eau ! Les débats ne manquent pas pour nous faire des nœuds au cerveau, entre le plastique des bouteilles, les pesticides ou les perturbateurs endocriniens. Mais ce qui est sûr, c'est que l'eau nous est vitale. Pensez-y : avoir une bouteille d'eau sur soi est l'un des meilleurs remèdes pour reprendre possession de ses moyens, et surtout de ses paroles.

Comme je n'ai pas envie d'avoir un foie tout nécrosé ni d'affaiblir mon nouveau cœur réparé, je préfère faire sans. Je n'ai pas l'impression de me priver. J'ai la chance de pouvoir m'amuser sans ressentir l'envie ni le besoin d'en consommer. Et vous ?

#CardioConseil 2 – Je bouge et j'oxygène mon cœur

La sédentarité n'est pas le propre de l'homme. Nous avons, pour la majorité d'entre nous, deux jambes, plus de 600 muscles et une pompe qui préfère être en mode « actif » qu'en « repos forcé ». Le manque d'activité physique favorise également la formation de dépôts graisseux sur les parois internes de nos artères. Et qui dit circulation sanguine « engraissée » dit terrain propice aux crises cardiaques ou aux accidents vasculaires cérébraux. Le sport est donc un atout majeur pour maintenir notre cœur en forme de manière durable. C'est pourquoi il est recommandé de faire au minimum trente minutes d'exercice par jour, cinq fois par semaine.

Faire des choses qui vont dans le bon sens, c'est bien ; quand on peut y mettre du cœur, c'est encore mieux. Choisissez une activité qui vous plaît de façon à y prendre autant de plaisir seul(e) qu'accompagné(e). En groupe ou en solitaire, cardio ou renforcement musculaire, natation, marche rapide, yoga, running... Qu'importe.

Par ailleurs, dans vos déplacements quotidiens, ne soyez pas effrayés par les escaliers : à ce jour, ils n'ont encore mangé personne. Préférez-les aux escalators et tapis roulants. En plus, ces derniers sont toujours embouteillés, alors que les escaliers sont déserts. Enfin, rien de tel pour galber nos fessiers.

Bien évidemment, ces conseils s'adressent à celles et ceux qui sont en mesure de faire de l'exercice. En cas de maladie ou pendant des périodes spécifiques, comme la grossesse ou la convalescence, seul un médecin saura vous indiquer les activités appropriées. N'hésitez pas à faire un bilan médical de temps en temps, surtout s'il vous arrive de ressentir des palpitations. Dans ce cas, parlez-en à votre généraliste, ne faites pas comme moi!

En bref, soyez toujours à l'écoute de votre cœur. Conseil d'une amie cardiaque.

#CardioConseil 3 – Je mets des fibres bio dans mon assiette

L'évolution – ou peut-être la nature – a créé des végétaux, des fruits et des légumes pour nourrir un large éventail d'êtres vivants. De l'homme à l'éléphant, en passant par l'hippopotame ou les abeilles, tous raffolent de ces milliers de saveurs.

Manger des aliments non transformés est l'une des meilleures solutions pour tenir à distance une pléiade de maladies du cœur et de cancers. Ce n'est certainement pas un excès de chou-fleur, d'asperge ou de brocoli cuits vapeur qui va obstruer votre circulation sanguine. En revanche, une alimentation trop grasse, trop salée ou trop sucrée favorise l'apparition du cholestérol, du diabète ou de l'hypertension artérielle.

Ces facteurs de risque mettent votre vie en danger, mais ils ne sont jamais mentionnés sur les emballages de produits alimentaires. Forcément, cela rendrait beaucoup moins attractifs les barres chocolatées, les gâteaux apéritif ou encore les sodas fluorescents. On préfère parler de «bonheur» plutôt que d'«obésité morbide» ou de «surpoids» dans les campagnes publicitaires où l'on voit des individus ingurgiter des hamburgers, des frites et des crèmes glacées avec coulis de caramel et topping amandes grillées enrobées de chocolat...

Un Américain courageux – ou insensé ! – a tenté l'expérience pour nous. Pendant un mois, Morgan Spurlock s'est fixé un challenge : se nourrir exclusivement de la «*junk food*» de chez McDonald's. Le résultat a été édifiant. Loin d'afficher le sourire ultra-bright de Ronald McDonald, il a vite perdu le sien, en même temps que sa santé. Son documentaire *Super Size Me* montre comment il a vécu ce mois entier de «malbouffe», qui lui a valu, outre un bilan de santé catastrophique, le prix du meilleur documentaire au festival de Sundance en 2004. Depuis, l'enseigne a retiré le format «Super Size» de ses menus. Une décision qui, selon la firme, ne serait aucunement liée au film… #BlaBlaBla

Heureusement, il y a les fibres, les meilleures amies de notre intestin.

D'un point de vue anatomique et physiologique, l'homme est fait pour se nourrir de fibres. Pour beaucoup de spécialistes, ce régime est celui qui correspondrait le mieux à notre organisme. Et, jusqu'à preuve du contraire, en ingérant des aliments adaptés, nous mettons toutes les chances de notre côté pour éviter un maximum de maladies.

C'est l'argument premier de ceux que j'appelle les «vegan de l'assiette», dont je fais partie depuis peu. L'éthique animale et environnementale les intéresse, mais ils adoptent également le régime alimentaire vegan pour leur santé. C'est un régime qui ne contient ni viandes, ni poissons, ni aucun produit issu d'animaux, comme les produits laitiers ou encore les œufs.

Mais alors, que mangent-ils ? Eh bien, tout le reste ! Fruits à pépins, à coque, à noyau, exotiques ou sauvages, légumes et légumineuses : tout ce qui prend racine dans la terre ou au fond de la mer finit dans leur estomac. Aussi gourmands que fins connaisseurs en nutrition, ils vous prouveront sans mal que vitalité et plaisir se combinent parfaitement avec un régime « 100 % végétal ».

Au sein de ce régime alimentaire, les fibres occupent une place de choix. « Nos amis pour la vie », ce ne sont pas les produits laitiers, comme les publicitaires ont tenté de nous le faire croire pendant des années. Au contraire, plusieurs études soulignent que, au-delà d'un certain seuil, ils favorisent l'ostéoporose. Quant au lait de vache, il contient des hormones de croissance... En revanche, il est scientifiquement prouvé que la consommation régulière de fibres réduit les risques de maladie cardiovasculaire, de diabète, de cancer du côlon ou d'obésité. Indispensables au bon fonctionnement de notre transit intestinal, les fibres ont en outre un effet « coupe-faim ». Avec un seuil de consommation journalier de 30 grammes minimum, les bactéries intestinales produisent plus facilement la quantité nécessaire d'acides gras à chaîne courte (AGCC) qui sont à l'origine, notamment, de la sensation de satiété. On évite ainsi de manger trop et d'être en surpoids, ce qui nous épargne une pléthore de maladies.

Et les AGCC ont d'autres effets bénéfiques : ils protègent du cancer du côlon, aident les personnes diabétiques à réguler leur niveau de sucre dans le sang (glycémie) et diminuent notre risque face aux maladies cardiovasculaires. Ils fournissent l'énergie des cellules de notre côlon et, en cela, sont indispensables à notre digestion. Or notre flore intestinale joue un rôle clé dans le maintien de notre système immunitaire.

Alors, que manger ? Suivez le guide ! Manger uniquement des fibres, c'est possible et valable pour tout le monde. Des athlètes de haut niveau l'ont testé. Certains se sont même ainsi guéris de maladies.

Les fibres sont partout au rayon fruits et légumes. Elles peuvent être green, comme dans les artichauts, les poireaux, les asperges, les pois, les épinards ou encore les haricots verts. On les trouve aussi dans les choux, comme le kale ou le chou-fleur. Elles peuvent être sucrées, comme dans les carottes, les oranges, les abricots, les poires. Elles peuvent avoir une tendance exotique, comme dans les bananes ou les mangues. Elles peuvent influer sur votre haleine, mais pour votre bien, comme dans l'ail ou les oignons. Elles peuvent se grignoter par poignées, comme dans les amandes. Elles sont aussi de vraies reines des champs à travers le blé ou l'avoine (non OGM !).

N'hésitez pas à demander conseil à un nutritionniste, ou allez voir du côté des documentaires, comme *Fed Up* (disponible sur Netflix), dans lequel apparaissent Oprah Winfrey et Bill Clinton. Je recommande également *Food Choices*, de Michal Siewerski, ou encore *What the Health*, de Kip Andersen. Ce dernier a même collaboré avec Leonardo DiCaprio dans *Cowspiracy. The Sustainability Secret*, qui dénonce les dégâts environnementaux de l'élevage intensif et souligne les bienfaits du régime vegan. Ces trois documentaires sont également disponibles sur Netflix.

Carotte power, green juice et compléments en vitamines B12 peuvent faire des étincelles et réveiller la force du lion qui est en vous. Et sans prendre de barres chocolatées !

Le régime vegan est souvent gagnant/gagnant en termes de bilan carbone quand les produits sont locaux (locavorisme), mais aussi sur le plan de la santé quand ils sont bio. Les produits issus de l'agroécologie sont une alternative pour faire barrage aux quantités faramineuses de pesticides déversés sur nos aliments. Le Haut Conseil de la santé publique nous recommande de privilégier les fruits, légumes, légumineuses et produits céréaliers complets, « selon des modes de production diminuant l'exposition aux pesticides ». Car les pesticides ne s'arrêtent pas à notre assiette : une fois engloutis, ils s'infiltrent dans notre sang. Alors, avant d'avaler n'importe quoi, pensez-y.

La France est le deuxième plus gros consommateur de produits phytosanitaires après l'Espagne, selon des statistiques rendues publiques en novembre 2016 par le ministère de l'Agriculture. Nos belles pommes rondes et brillantes ont trop souvent les propriétés de la pomme de *Blanche-Neige*. Aujourd'hui, plus besoin de pattes ou de plumes de corbeau pour endormir les belles princesses.

Ce sont les produits phytosanitaires qui endorment des milliards de consommateurs. Et les agriculteurs ne sont pas épargnés.

Désormais, nos fruits et légumes sont plus brillants et flashy que jamais ; les biscornus mal lavés sont écartés des étals. Et vous savez comment nos pommes atteignent ce degré de perfection ? Elles ne reçoivent pas moins de trente-cinq traitements chimiques différents ! Je me souviens que, dans mon enfance, mes grands-mères me recommandaient, à l'heure de goûter, de bien manger la peau de ma pomme, car c'est elle qui contenait toutes les vitamines. Aujourd'hui, mieux vaut l'éviter, car elle concentre tous les poisons chimiques *made in* Monsanto, Bayer ou encore Syngenta, ces rois des produits phytosanitaires.

Nos sols étouffent, nos rivières sont polluées, et même nos abeilles se retrouvent shootées comme si elles avaient fumé un joint. Elles ne retrouvent plus leur ruche. Comme elles n'ont pas Waze, elles se perdent, meurent, et on parle de déclin. Un déclin également synonyme de diminution de notre production agricole. Car, en plus de fabriquer le délicieux miel qui termine sur nos tartines, nos pancakes ou dans notre thé, elles contribuent à nous fournir café, chocolat à boire ou à croquer en polonisant nos champs, nos sols, nos fleurs. Ces heures de vol, elles les effectuent gratuitement au service de l'homme, sans nous demander quoi que ce soit en retour, si ce n'est de les laisser en vie et butiner tranquillement. Les abeilles mellifères domestiques, par exemple, représentent une valeur économique de 153 milliards d'euros. Selon la FAO (Food and Agriculture Organization), nous devons 80 % des espèces de plantes à fleurs à ces petites bénévoles qui ne se mettent jamais en grève.

En clair, si nous continuons à les asperger de poison, préparons-nous à manger du couscous sans légumes, des tartes sans fruits et des salades sans crudités, le tout dans un paysage dépourvu de fleurs et de couleurs. Préparons-nous aussi à nous munir de GPS dans les années à venir, car nous aussi sommes déjà shootés. Selon une étude de l'Institut de veille sanitaire, le taux de pesticides dans notre sang est au moins trois fois plus élevé que celui des Américains ou des Allemands…

Dans la catégorie « Je pourris la santé des gens au moins une fois par jour », les perturbateurs endocriniens (PE) ne sont pas mal non plus. Présents dans de nombreux produits du quotidien, comme les cosmétiques ou les contenants alimentaires, ils arrivent même à se faufiler jusque dans nos cheveux. Début 2017, l'ONG Générations Futures a rendu publique une étude menée sur sept personnalités « écolo », dont Nicolas Hulot, Yann Arthus-Bertrand, Isabelle Autissier ou encore José Bové. On leur a demandé une mèche de leurs cheveux, et il s'est révélé qu'elle contenait des bisphénols, des phtalates, des PCBs… Après les shampoings anti-pellicules, à quand les shampoings anti-PE ? Quant aux dégâts sur notre santé, verdict dans quelques années…
#VisMaVieDeConsommateurPigeon

Notre alimentation et nos maladies sont étroitement liées. Le plus important, c'est de le savoir, puis d'agir. Pas besoin d'avoir fait de longues études ni d'être chercheur pour devenir un consommateur averti. Pour prendre le pouvoir sur sa santé, les solutions sont déjà à portée de clic grâce aux objets connectés. Certains d'entre eux, comme Nima, sont capables de repérer la présence de gluten ou de pesticides dans les aliments, et, de manière générale, de déterminer leur composition. En Chine, un smartphone doté d'un spectromètre proche infrarouge intégré, baptisé Scio, détecte les molécules présentes dans les aliments. Le bulletin de vote passe toujours par votre Caddie, comme disait José Bové, mais aussi dorénavant par les objets connectés, qui vous simplifient la vie en vous informant. #Tech4Good #Tech4All

#CardioConseil 4 – Je mets modestement mon grain de sel dans mon assiette

Il n'y a pas que l'excès de sucre qui soit mauvais pour notre santé. Le sel (alias chlorure de sodium) fait aussi des ravages sur notre organisme. Ces petits cristaux si jolis qui nous ouvrent l'appétit peuvent être à l'origine de nombreuses pathologies pas très sympathiques, voire carrément disgracieuses, comme l'excès de tissus adipeux. Une alimentation trop riche en sel favorise l'obésité et le surpoids – entre autres. Elle entraîne également une augmentation de la pression artérielle ; or, quand on est « hypertendu », on met davantage son cœur à l'épreuve.

L'OMS recommande ainsi deux grammes de sel par jour maximum – soit un peu moins d'une cuillère à café.

En plus d'être la voie royale pour l'apparition des bourrelets, le sel peut fragiliser nos os en entraînant une perte de calcium. Et là, c'est « Welcome to Ostéoporoseland » ! Le cancer de l'estomac, difficile à soigner, est lui aussi stimulé par l'excès de sel[1]. Comme le sucre, le sel excelle au jeu de cache-cache, mais il est présent dans pratiquement chacune de nos bouchées. On le trouve aussi bien dans les charcuteries que dans les sauces et plats industriels, dans les olives, les câpres, les fromages ou encore les viandes et poissons fumés. D'où l'importance de préparer vous-même vos plats, sans avoir la main trop lourde avec la salière, cela va de soi. Attention aussi à la salaison des eaux de cuisson. Goûtez vos plats avant de les saler et privilégiez les épices pour donner du goût.

L'excès de sel est pris très au sérieux au Japon, où les AVC ont longtemps constitué la première cause de mortalité. Le ministère de la Santé et de la Protection sociale a donc tenté de mettre ce risque sanitaire « ippon » – pour utiliser le vocabulaire des arts martiaux –, notamment en blacklistant la fameuse soupe nationale très salée, la soupe miso. Le résultat a été « spectaculaire », selon l'OMS, puisque le nombre d'accidents vasculaires cérébraux, de cardiopathies et de cancers a chuté

---

1. World Cancer Research Fund / American Institute for Cancer Research ; Food, Nutrition, Physical Activity and the Prevention of Cancer, a Global Perspective, Washington D.C. AICR, 2007.

de 85 %. Bilans de santé et dépistages gratuits, activité physique, marches en groupe, cuisine en famille avec des professeurs ou des propriétaires de restaurant font désormais partie des habitudes des citoyens nippons.
#RigueurNipponnePower

Annexes solidaires

Devenir un changemaker pour aider Jadav

Si vous voulez aider Jadav dans son action, plusieurs options s'offrent à vous :

1 – Vous pouvez vous rendre sur son site (www.jadav-payeng.org), découvrir son programme de reforestation (PPP) et voir dans quelle ville vous pourrez prochainement croiser cet Indien qui donne régulièrement des conférences inspirantes.

2 – En tant que citoyens, nous pouvons unir nos forces et demander de nouveau à l'Unesco d'inscrire ce frêle petit bijou de forêt sur la liste du Patrimoine mondial de l'humanité, ses habitants n'ayant pas encore réussi à être entendus. Parlez-en autour de vous !

Devenir un changemaker pour aider Runa

Si vous voulez participer à la dynamique de Runa, plusieurs options s'offrent à vous :

1 – Faire un don à Friendship, l'ONG qu'elle a créée, via le site Internet www.friendship.ngo.

2 – Contacter l'antenne française de Friendship (info-fr@friendship.ngo) et devenir un « Friend of Friendship » pour mettre vos compétences au service des victimes du climat

Devenir un changemaker pour aider le père Pedro

Si vous voulez soutenir l'action humanitaire de ce prêtre hors du commun, peut-être futur lauréat du prix Nobel de la paix, plusieurs options s'offrent à vous :

1 – Vous pouvez vous rendre sur le site de l'association (www.perepedro-akamasoa.net) et découvrir toutes ses actions. Si vous sentez une connexion s'établir avec nos frères et sœurs malgaches, un don est possible !

2 – En plus d'être un acteur humanitaire et footballeur à ses heures perdues, le père Pedro est aussi auteur d'une dizaine d'ouvrages dans lesquels il raconte son combat au quotidien depuis plusieurs années. Alors, si vous le souhaitez, vous avez plusieurs heures de lecture devant vous !

Pour aider les Rohingyas, aidons le HCR

Quand je me suis rendue à Genève, au siège du HCR, j'ai rencontré les équipes qui travaillent sur la campagne de sensibilisation à l'apatridie #IBelong, visant à mettre fin à l'apatridie d'ici à 2024. Tous m'ont dit qu'il existait un moyen simple d'agir : aider le HCR dans son action de plaidoyer.

Pour que le problème trouve enfin une solution, il faut que les administrations s'engagent en signant les conventions de 1954 et de 1961. Il faut donc rafraîchir la mémoire des États non encore signataires. Si vous voulez soutenir cette campagne et le HCR, une lettre ouverte est disponible sur leur site qui n'attend plus que votre jolie signature digitale (www.unhcr.org/ibelong).

Plus les signataires seront nombreux, plus ces millions de personnes deviendront visibles. Un beau pari, non ? Allez, ensemble, on signe !

Remerciements

À la petite fille rohingya rencontrée dans un camp de réfugiés au Bangladesh, qui m'a ouvert le cœur.

À Frédérick Lacroix, Stéphanie Rivoal et au docteur Julia G., de l'Institut Pasteur, trois personnes qui ont rendu possible ce premier voyage au Bangladesh.

À mon cardiologue, Laurent Sitruk, ainsi qu'au docteur Pierre Aubry et au docteur Sebag, qui m'ont tout simplement sauvée. À la startup qui a fabriqué mon parapluie de cœur Occlutech et à son DG Tor P. À mon ami connecté plus que jamais, Emmanuel V.

À tous ceux qui ont participé à cette série de Photos-Cœurs, dont le premier, Bertrand Badré.

Aux personnes qui m'ont tendu la main, à commencer par Frédéric S., Juliette B., Christophe S., et à celles et ceux qui se reconnaîtront, dont Cécile L., Sandrine S., Louisa S., Michèle S., Nicolas I., Natasha I.

À mes sœurs de cœur Caroline C., Élodie RK., Laure M., Daniela F., Liza G. et à mes sœurs de sang, Clara et Clarisse. À ma filleul Bianca V. À mes parents spirituels, Thierry et Soizic D., Michel et Claudine C., Isabelle W. À mes grands-parents défunts et à mes grands-parents vivants, qui ont toujours été à mes côtés, même lors de mes premières gamelles en vélo à deux roues. À mon parrain de cœur Jean M. qui a suivi mes débuts depuis mon blog. À mes parents.

Et, bien sûr, à celui qui m'a bercée depuis le début, notre éternel King of Pop. *Hee hee!*

Table

Au cœur de la première cause de mortalité au monde   9
   Santé, mon amour   9
   Un cœur doré pour mes 27 ans!   13
     J'ai «pleur» : c'est grave, docteur?, 13 ; Cadeau d'anniversaire : un cœur malformé aussi discret qu'un agent de la CIA, 15.

   Des magiciennes boliviennes qui réparent les cœurs   18

Nouveau cœur, premier éveil   23
   Un souffle de gratitude   23
   Une planète aux cœurs et aux femmes fragiles   27
     La première cause de mortalité au monde, 27 ; Le cœur fait dans le genre, 29 ; Dans la famille «Chenapans», je voudrais Monsieur Infarctus et Madame Crise cardiaque, 29 ; Dans la famille «TNT», je voudrais Madame Contraception et Monsieur Tabac, 30 ; L'«empowerment» des femmes : #PourUnMondeMeilleur!, 31.

Le jour où… 35
 Se sentir aussi petite qu'une fillette rohingya 39
 Pas de bras, pas de chocolat – ou pas d'identité, pas de citoyenneté 43

Un bébé éduqué à la pop music engagée 47

Changemakers : les nouveaux conquérants d'un monde meilleur 57
 Un nouveau départ 57
  En phase avec mon siècle : je blogue !, 58 ; Naissance d'une journaliste « optimiste »…, 59 ; … et green !, 62.
 Changemaker, *oui, mais pour changer quoi ?* 64
  L'homme qui a créé une forêt de 550 hectares à lui tout seul, 66 ; Un prêtre missionnaire qui soutient des milliers de Malgaches, 68 ; Une femme qui transforme des bateaux en hôpitaux, 70.

Trouvez la voie qui vous inspire ! 75
 Coups de cœur maritimes : en mer, il y a de quoi faire ! 75
  Quand le plastique se transforme en skateboard et en lunettes de soleil, 77 ; Du bateau clean au bateau ramasseur de déchets, 78.
 Coups de cœur forestiers : lutter contre la déforestation illégale 79
  Faire parler les arbres ou les planter, 80 ; Des mouchoirs qui plantent des arbres, 82 ; Des arbres virtuels qui se plantent dans la nature, 83 ; Un moteur de recherche planteur d'arbres, 84.
 Coups de cœur fooding : se nourrir de façon citoyenne contre l'indigestion d'un système 87
  Je mets mes parts en trop à dispo, 88 ; Des villes qui font rougir des fraises, 89.

TABLE

Coups de cœur vegan : être fashion et éthique, c'est « possible à porter » — 91
   Une planète «fashionnement» polluée qui creuse les inégalités, 91 ; Une styliste qui redonne vie aux chutes de tissu avec l'aide de salariés en insertion, 93 ; La mode vegan ou le lifestyle de demain pour une société plus durable, 94.

Coups de cœur humanistes : créer du lien social — 95
   La transmission intergénérationnelle pour tisser du lien social, 95 ; La réinsertion de nos semblables réfugiés, 96 ; Des sacs de charités pour des sans abris, 96.

Révolutionnons positivement le monde ensemble — 101

Notre interdépendance : une faiblesse ou une force ? — 104
   Chaque année, 7 millions de personnes meurent à cause de la pollution atmosphérique, 105 ; Tuer les requins et les baleines, c'est appauvrir directement notre production d'oxygène, 106 ; Chaque fois qu'on arrache un arbre, on compromet la santé de plusieurs individus, 109.

L'interdépendance au quotidien — 113

Je ne crois pas à notre égoïsme, mais à notre altruisme — 115

Vous avez dit résilience ? — 119

« On est là pour changer le monde ! » — 119
La singularité ? Une opportunité ! — 121
Adieu, Lexomil — 123
La résilience face aux maux de la société et à ceux du corps — 124

Tous en scène ! — 129

Cardio-conseils — 137

Et si on essayait d'abattre ce fléau des maladies cardiaques : what health ? — 137
   Un cœur allergique aux embouteillages, 138 ; Famille «Pas de bol» : les cœurs fragiles de naissance, 139 ;

Don Juan CIA et Mister CIV, 140; Mister FOP, 141; Des «parapluies» à la rescousse des cœurs troués, 142; Opération «Dépistage des cœurs troués, 143.

À la chasse aux dépôts graisseux: objectif «zéro dépôt»! 144
#CardioConseil 1 – Je m'aère les poumons, l'haleine et le cœur, 144; #CardioConseil 2 – Je bouge et j'oxygène mon cœur, 148; #CardioConseil 3 – Je mets des fibres bio dans mon assiette, 150; #CardioConseil 4 – Je mets modestement mon grain de sel dans mon assiette, 157.

Annexes solidaires — 161

Devenir un changemaker pour aider Jadav — 161
Devenir un changemaker pour aider Runa — 162
Devenir un changemaker pour aider le père Pedro — 162
Pour aider les Rohingyas, aidons le HCR — 163

Remerciements — 165

Si vous souhaitez être tenu informé des parutions
et de l'actualité des éditions Les Liens qui Libèrent,
visitez notre site :
http://www.editionslesliensquiliberent.fr

Achevé d'imprimer sur Roto-Page en février 2018
par l'Imprimerie Floch à Mayenne
Dépôt légal : mars 2018
N° d'impr. : 92332
Imprimé en France